U0028376

相遇的理由

Slow Dancing In The Rain

by Sophia

Sophia作品集12

目錄

01 我的愛情，我是最後一個知曉者。

「妳們聽說了嗎？」

「什麼？」

「副主任跟新來的助理好像在交往——」

我正在旋緊水龍頭的手，在聽見同事刻意壓低音調的話之後，就這樣頓止在不上不下的狀態。一手搭在水閥，另一手持續承受著水的衝擊，但水聲卻一點也沒能掩去同事亟欲渲染秘聞的每一句話。

抬起頭，鏡子裡倒映的臉顯得有些慘澹，我終於將水關緊，擠出一抹姑且能稱作笑容的弧度，擠出全身的力氣配合同事們的討論；但即使如此，我能給出的回應也只有語焉不詳的「嗯」、「是喔」，以及切切實實反映我內心的「為什麼」。

——為什麼？

跟著同事緩步走出洗手間，踏進辦公室的瞬間，一群人的目光都不由自主地投向副主任辦公桌的方向，彷彿滿足部屬的午休娛樂也是上司的職責一般，他正對謠言女主角露出滿含曖昧的微笑，而謠言女主角則欲蓋彌彰地以嬌羞的模樣飛快跑回座位。

那副模樣，像怕有誰看不清楚一樣。

「我的面紙好像掉在洗手間了。」

扔下這句話後我便毫無停頓地旋身折返，下意識加快腳步，到最後幾乎是衝進了洗手間。

我將自己反鎖在廁所裡，蒼白的思緒裡抓握不到一絲明確的脈絡，花了好一陣時間我才以顫抖的指尖傳出一則訊息。

「謠言是怎麼回事？」

收件者是——副主任。

看著螢幕上那個不鹹不淡的稱呼，連個姓氏都沒標上，就像不沾手也不留氣味的粉塵，只消輕輕拍拍手便能抖落得乾乾淨淨。

大概，兩年的交往在他眼中也就這麼一點價值了。

我緩慢組織著方才同事的說詞，緋聞從某個不願具名的同事目擊副主任送才任職三個月的女助理上班開始，接著在女助理的嬌嗔裡逐漸晃漾盪開陣陣漣漪，最後有膽子大的人，藉著玩笑調侃起副主任，得到毫無懲戒意思的訓斥後，定調了整個故事。

是真的。

他甚至沒有考慮到還有一個在同間辦公室工作的我。

愛不愛，分不分手，只消一句話便能畫下句點的關係，他卻連一句話都不願意給。

已讀不回。

視線落在我的問句上，想忽略都無法的「已讀」二字扎著我的眼。

「你覺得，已讀不回和不讀不回哪邊比較討人厭？」

「都差不多吧，重點是對方用不回覆來回答了。」

我想起曾經和他當作玩笑聊過的問題，卻諷刺地映現在我和他身上；然而已讀不回和不讀不回終究是不一樣的，前者、全然不留任何轉圜。

這時候我才明白，我愛的人竟是這麼殘忍的一個人。

又或許不是。

從他將我和他的愛情框上「秘密」兩個字的那一刻起，他的殘忍便一直擺在我的面前，只是我選擇別開眼，說服自己愛情僅僅是兩個人的事，既然如此那麼秘密與否就沒有多大不同。

但我明白，比誰都還要明白，從來就不會一樣。

不被揭穿的秘密，等於不存在。

□

好不容易撐完下午的工作，我用盡全部的力氣才讓自己不染上憤怒的表情，也不讓眼眶積聚水氣，甚至不讓自己將視線滑過流言中的那個男人和那個女人，儘管我和他和她各自距離不到十公尺。

這時我才深刻體會到，正因為靠得太近，而現實又太過尖銳，人反而比任何時候都還能視而不見。

踏出公司大樓，撲鼻而來的溫熱空氣竄進肺腔的同時，我再也遏制不住被擠壓在身體內部的痛苦，淚水彷彿控制閥失靈一樣，瘋狂地傾瀉而出。

這才剛開始，往後的每一天，難道我要每天和外遇的前男友，以及前男友的外遇對象維持和善的同事情誼嗎？

不對。

不能這樣放過他。

我氣憤地抹去眼淚，含有鹽分的液體在手背和臉頰都留下黏膩難受的觸感，那個男人帶給我的愛情剩餘的大概也只有這樣的東西，每一段關係都需要有所結束，既然他不給我句點，那就由我畫下句點。

我不是一個衝動的人，更準確來說，我比多數人更擅長忍耐，然而任何事物總是一體兩面，被壓抑的情緒並非被消除分解，經過壓縮之後反而會讓情緒成為密度更大的核。

因這份愛情而起的所有情緒，經過高壓擠壓之後，只會有兩個結果，自爆，或者毀壞對方。

假使他稍微多給我一些溫柔，稍微把我放在心上，說不定我會傻傻地找個遠方自爆而不傷及他以及他的新戀情，但他連一點假使都沒有給我。

我風風火火地前往他的住處，多可笑，交往了兩年，理論上應該還是進行式女友的我，不管是他的鑰匙或者密碼都沒有，唯一感到安慰的，只有樓下管理員對我比對他更熱情。

熱情到，他一度暗示我男友似乎有偷腥的跡象。

但我當初只是一笑置之，我總堅信進入一段關係便必須全心給予對方信任，因而我從來不在他的言語間隙之間找尋紕漏，縱使是坑坑巴巴的說詞，我也願意相信他有不能坦承的苦衷；然而人心卻太過難測，又或者我老是挑不值得全心對待的男人，久而久之，我的信任被當成了一種方便，到最後對方連藉口都不肯花費力氣去想。

站在門邊，我想著一些無關緊要的小事迫使自己冷靜，但當他踏進我的視野，我才體認到，這世間有太多的預備都是一種徒勞。

他看著我，像是要把沉默進行到底一樣。

「你沒有話要對我說嗎？」

「事情就像妳看到的一樣，我沒有什麼好說的了。」

你沒有什麼好說的了？

差一點我就要笑出來了。

「謝承安，難道你覺得連一句分手都不需要給嗎？」

「我只是不想把關係弄得更僵，就像我們自然而然在一起一樣，也自然而然地分開……」

——啪的一聲，我沒等他將話說完，便抬起手用力搧了他一巴掌。

他的臉上交織著各種不可置信，畢竟交往期間連一句重話都沒對他說過的我，既不歇斯底里，也沒嚎啕試圖挽留，冷靜又理智地，像是最好打發能輕鬆說再見的我，卻猝不及防地搧了他一巴掌。

「在我的認知裡，我和你還沒分手，那麼你和愛莉就是劈腿，所以這一巴掌是你應該承受的。」

「沛青……」

「這樣也好，誰也不知道我和你交往過，八成連愛莉也不知道吧，你覺得輕鬆，我也覺得挺好的，至少不必揹上一個愛上爛男人的污點。」我的唇角勾起一抹諷笑，「雖然想說『我的東西都扔了吧』，但你大概已經做了，那麼就沒有什麼好說的了，你的東西我也會全部都丟掉，雖然我記得你那件藍色開襟羊毛衫很值錢，但沒有一段感情是不需要付出代價的。」

他的眼底帶有複雜的顏色，我總是看不清，卻也不再想看清了。

我轉身準備踏離這從來不曾接納過我的地方，在移動的邊緣卻感覺身體被一股力量扯住，他從背後緊緊擁抱著我，語氣揉進我從未聽過的懇切。

多麼諷刺。

「沛青，我沒想過要結束，妳能不能再給我一點時間，我會處理好的……」

「放開我！」

我用力掙開他的懷抱，突然一陣虛無感席捲而來，他殘忍到底也就罷了，或者道個歉順水推舟結束關係也好，而不是搬演起連續劇演到發爛的橋段，藕斷絲連，以為哄個三兩句話，就能讓對方心甘情願正宮變小三。

當我腦子有問題嗎？

果然，他開始大把大把掏出交往期間吝於給出的甜言蜜語和各種承諾，他有苦衷，他是為了我們的未來，他不是真的喜歡愛莉……

「要我轉述這些話給愛莉聽嗎？」

「沛青——」

「如果我說，我能原諒你，但前提是你必須現在撥電話跟愛莉整理好關係，這樣，你還想拉住我嗎？」

他打住了所有言語。

很顯然，在二選一的局面他毫無猶豫地屏除了我。

或許我在這份愛情當中的註解就是「雞肋」。

食之無味卻又棄之可惜，所以能挽留住，就花點心思哄一下也無所謂，但要為了我放棄另一邊，卻連一瞬的猶豫都不需要。

我筆直望著他，縱使明白他的抉擇，卻依然給了他一分鐘。

一分鐘。

兩年的感情只剩下一分鐘的轉圜，真不知道失敗的是他或者是我。

然而無論是誰的失敗，愛情從來就不是一個人的事，只要有一方鬆了手，就算另一方費盡心力設法支撐，終究逃離不了四散的命運。

所以我一旦決定去愛，便會全心信任、全力付出；一旦決定不愛了，就會逼著自己將一切斷得乾乾淨淨。

愛情最不需要的便是餘地。

時間到了，他依然選擇以沉默作為這段感情的告別。

「我果然是失敗的女朋友，都不知道你什麼時候養成了用沉默代替回答的習慣。」我自嘲地笑了聲，「但不管你養成什麼習慣，都再也跟我無關了。」

我再度轉身，鞋跟敲擊著走廊，噠噠噠的聲響沾附在這段戀情的結末之上，隨之而來的還有一陣久久不散的空虛感。

那種空虛，彷彿一種從靈魂湧上的飢餓感，霸道地佔據我的全身；我猜想他大概還站在原地，抱持著我會回頭的想像，但縱使再飢餓，即便他是Ａ５等級的牛肉，我也會乾乾脆脆地吐出來。

畢竟，再高級的食物也會讓人吃壞肚子。

□

其實，愛情的質變並非沒有預兆，只是我自欺欺人地視而不見。

我和謝承安的交往，正如他形容的「自然而然」。

他是我的上級，也是新人時期負責帶我的前輩，隨著時光的推移，他對我的關心逐漸從工作滲透到私人生活；我一邊耽溺於他的溫情，一邊又抗拒著辦公室戀情，來來回回地拉扯，我的理智終究敗給了內心的想望。

「我覺得這個男人不適合妳。」

「妳又沒見過他。」

「不需要親眼看見也能知道，不如說，很多時候隔著距離反而能看得更清楚。」

「那妳們說，他哪裡不適合我了？」

「依妳現在的口吻，無論我和顧瀾列舉出多少他不適合妳，以及你們不適合的點，妳八成會一一反駁，當然我們有我們的意見，但這畢竟是妳的愛情，選擇權始終在妳的手上，我跟顧瀾能做的，就是成為妳的依靠。」

「說得像我的眼光很糟糕一樣。」

「愛情是盲目的，差別只在於是愛情讓妳盲目，或者妳為了愛情選擇盲目而已，以朋友的立場，我只希望妳能稍微退後一點，客觀一點來看待這個男人，一個人的好或壞，不等同於他就會是一個好的戀人或者壞的戀人。」

顧瀾和小杏勸阻過我，她們的眼光要比我銳利得多，在我糾結於是否接受辦公室戀情之際，她們卻反覆地要我從根本上來考量這個男人。

然而，之所以會糾結於是否要接受辦公室戀情，內裡便含藏著「我已經接受了這個男人」的深意，在察覺我的站立位置早已偏頗之後，顧瀾和小杏便收起了所有對謝承安的批判，這是我們三個人不必言說的默契，接受彼此的選擇，並且陪著彼此面對選擇後的結果。

「但這種狀況實在沒有臉找她們哭訴……」

我把翻找出來的手機又扔回提包，漫無目的地穿梭在一條又一條錯雜的巷弄之間，我特別不擅長在這類的巷弄裡找到正確的位置，縱使打開了定位，小心翼翼地跟著導航的指示，仍舊能在原地來回打轉。

簡直是我在戀愛當中的寫照。

我突然停下腳步，感覺臉頰被水滴重重地拍擊，我猜想是哪一戶人家的冷氣水趁機落井下石，卻在我抬起頭之際，正面迎上接續而來的水滴，在我才剛回過神，便陷入了傾盆大雨之中。

連逃躲的餘地都沒有。

既然連老天都這麼不留情面，那我也沒什麼好掙扎的，像是要攀比哪邊的水氣更豐沛一樣，我的眼淚開始潰堤，臉頰交織著熱燙與冰涼，最後悉數融進了雨，但雨卻也滲進了我。

我不知道世界運轉的定律究竟是什麼模樣，更不明白愛情裡是否真存在能夠依循的規則，人只能憑藉直覺和過往的經驗摸索前方的路徑，然而費力地走了一段長長的路途之後，卻忽然發現一直以來我相信的前方並非真的前方。

我自暴自棄地蹲在牆角，環抱著雙膝任憑大雨侵襲，在濕透之後，淋上多久的雨大概都是差不多的。

在我以為自己會被淹沒在這場滂沱之中的時候，卻突然出現一把傘，替我擋去了雨，拯救我免於溺斃。

是個男人。

但我的雙眼因為雨的緣故無法清楚辨識。

我只記得他伸出手，而我昏昏脹脹地搭住他的手，藉著他的力量，站直了身子。

「我送妳到騎樓下。」

「為什麼？」

「還是我誤會了，其實妳想要繼續淋雨？」

「每個經過的人都繞開我，你為什麼要替我遮雨？」

「因為妳像流浪貓，而且還是被淋濕的那一種。」

「流浪貓……？」我喃喃地複誦，抬起眼我望向顯得模糊的男人，拋出了我清醒時絕對不會問的問題，「那麼，你能帶我回家嗎？」

02 有一種人，一邊說著愛妳，一邊卻肆無忌憚地傷害妳。

頭好痛。

我抱著頭，掙扎地按掉刺耳的手機鬧鈴，憑藉著本能起身走下床，卻在走往洗手間的途中狠狠撞上椅子，我吃痛地彎下身，卻也因為疼痛徹底清醒了過來。藍色沙發……？

我猛然抬頭，詫異地環視房間的每一個角落，而後驚恐地意識到，竟然沒有一處帶有我熟悉的感覺，低下頭我小心翼翼地瞄向身上的衣服，連一絲僥倖的可能性都沒有——

我身上穿著一套分明是男用的運動服。

「我明明沒喝酒啊……」

——因為妳像流浪貓，而且還是被淋濕的那一種。

——那麼，你能帶我回家嗎？

「天啊……這簡直比喝醉斷片更慘……」

抱著發脹的腦袋我大受打擊地癱靠在冷白的牆壁上，冰涼的觸感刺激著我的神經，也讓昨晚的記憶一點一滴的回籠，在我措手不及之際，像煙火一樣爆出色彩斑斕的燦爛炫目。

確實是精采到令人永生難忘的畫面。

我想起昨晚放肆地讓自己站在路中央承受著滂沱大雨，我分不清當時究竟是自暴自棄到想就此讓雨吞噬，或者盼望在極其窘困的境況裡能獲得一點援助，藉此證明世界並沒有將我遺棄。

然而這都不是重點，記不清的事多想也只會剩下臆測，我能挖掘出的最鮮明的畫面，就是他撐著傘，在喧鬧的雨聲之中，他低啞輕緩的一句——

「好。」

帶我離開這個只剩下痛苦的世界吧。

好，我帶妳走。

於是我跟在他的身旁，被雨浸泡過的身體顯得非常僵硬，但我和他卻始終維持落後一小吋的距離，他大概將步伐放到最緩最緩，我才得以沿途都待在傘下的空間裡頭。

走了一段長長的路途之後，我踏進了他的住處。

我踩過的每一個位置都被沾附在我身上的雨水打濕，雨的氣味同樣瀰漫在屋內，無論明黃色的燈光灑下多少溫暖，我的顫抖卻越演越烈；他大概跟我說了什麼，我卻連一個字都沒能聽進，迫使他拖著我走進浴室，徹頭徹尾地實行對待流浪貓的態度，毫不溫柔地將我整個人扔進注滿熱水的浴缸裡頭。

我就這樣穿著衣服浸泡在熱水裡，感受著身體慢慢回溫，視線落在迷濛的霧氣之上，然後……

然後呢？

我、我不記得了！

扯著領口我捶著頭逼迫自己多擠出一點記憶，卻連稱得上殘渣的零碎畫面都沒能湧上，但我確實穿著不屬於我的衣服，頭髮也不是自然風乾後的狀態，依照一般人的邏輯推演，百分之九十九的可能是「他從浴缸裡將我撈起來，替我換下濕透的衣服，再幫我穿上乾爽的運動服，最後拿著吹風機花時間將我的頭髮吹乾」。

過程中還包含「擦乾身體」、「抱到房間」或者其他不可明說的細節……

當然，也不能放棄那僅存的零點零一的可能性，例如上述的所有過程都由我自己獨力完成，只是不巧睡了一覺後我通通都給忘了。

「想也知道不可能……」

□

無論如何，現實是必須面對的。

花了很長一段時間整頓心情，在進行三次長長的深呼吸之後，我的手終於搭上門把，用力咬了唇，吃痛的同時我使力壓下門把，推開米白色的門扉，準備面對將我「撿回家」的男人——

沒人。

我探出頭偷覷著客廳的每個角落，整潔，明亮，除了一株仙人掌之外沒有其他生物。

小心翼翼地在屋內轉了一圈，再三確認「屋內真的沒人」後，我那像被懸吊在十三樓窗外的心一口氣落了地。

八成，在我不知該如何面對他的同時，他也同樣不知道怎麼面對我。相見不如不見。

鬆懈後我才發現茶几上擺著他的留言。

壓在鹿造型的銅製紙鎮底下，從筆記本上被工整撕下的條紋紙上，有著他用藍色水性筆寫下的字跡，俊逸得幾乎讓人以為是毛筆字。

「衣服在陽台，沒洗，只是晾乾。

運動服換下來扔陽台角落的洗衣籃，門是自動鎖，關上就好。

妳吃了一片普拿疼退燒，建議妳去看醫生。

如果下雨，可以拿走玄關的傘。」

他的每一句話都非常事務性，沒有多餘的關懷，也沒有延展的可能性，我反覆讀過幾次，最大的感想居然是「他的筆跡跟內容真不協調」。

至少內容也該是首詩或者哪個名人的名言錦句才能配得上這麼好看的字，於是換好衣服後我仔細地將紙條夾進記事本內頁，大概，有一種人，他的存在本身就是奢侈品。

撕了張便條紙，我虔誠地描寫「謝謝」的每一筆畫。

除此之外我並沒有想透過其他方式表示感激，大多時候人的感謝滿足的只是自己，反而成為對方的負擔。

所幸，天空放晴了。

我不需要帶走他特意擺在玄關鞋櫃上的黑色摺疊傘。

□

急忙回家換了套衣服，不想留下任何外宿的揣想，甚至還狠下心搭了計程車，才勉強壓著點抵達公司。

無論多麼平淡無味的日常生活，只要其中一個細微的點產生異變，就會從我們不能預測的位置漸次掀起或大或小的波瀾。

然而正當我期盼浪花能隨著時間流逝慢慢平息，一道太過熟悉的嗓音卻打破了我渺小且毫不得寸進尺的願望。

我才剛拉開椅子，連外套都只脫了一半，就被喊進了副主任辦公室。

想公器私用嗎？

抿著唇我冷冷地盯著謝承安的臉，沒有忽視他一閃而過的侷促，但他輕輕咳了聲，習慣性地扯了扯領帶，每當遇到棘手狀況時他總會下意識出現這個動作。

「昨晚，公司業務出了一點問題。」

出乎意料，他談的是公事。

我偷偷捏了大腿，告誡自己清醒一點，他沒有公器私用，反倒我摻入私人感情，踩在公私不分的邊緣。

「希望妳代表公司，去向客戶道歉。」他有一瞬的停頓，彷彿斟酌著最適當的詞彙，「經理已經聯繫過客戶，也表示了我們的誠意，妳只是去走個過場，後續的補償經理和我都會處理。」

「出了什麼問題？」

「只是一點小問題，妳只需要讓客戶感受到公司的誠意就好。」

我不由自主皺起眉，來回思考了幾次他的話意，高了我好幾級的經理親自聯繫，表示對方不是小客戶，卻要一個毫無關係又沒多大實權的員工登門道歉，還沒完，道歉後還有補償，但也不是透過我，而是經理和他會處理？

簡單來說，我除了道歉之外什麼都不必做？

隨便想都能揪出一堆漏洞的說詞，要我什麼都不要問，乖乖去道歉就好？擺明就是個坑，當我是第一天上班的菜鳥嗎？

「連出了什麼問題都不需要知道，只要負責道歉就好。」我的表情大概佈滿了荒謬感，「副主任，請問你是認真覺得這樣的說法合理嗎？」

「這是上面的決定……」

「既然是需要讓經理親自聯繫的問題，不可能沒人知道，還是說，你打著的就是先壓著我答應，後頭你就撒手不認的意思？也是，我都忘了這是副主任你最擅長的把戲了。」

「鄭沛青！我跟妳談的是公事。」

「既然如此，請問副主任在顧慮什麼？」

很顯然，踩在受害者位置上的人，大多時候比對方更具攻擊力；我寧可將和他的感情視為走路不看路而被絆倒的意外，也不願意被安上受害者的標籤，但現下我卻湧生一股即便不擇手段也要撕開他偽善面具的惡意。

謝承安妥協了。

「昨晚，有公司的員工將私人訊息誤發到官方社群頁面，還批評正準備跟我們簽約的代理商難搞，產品很難用……公司立刻讓工程師刪除留言，但網友已經截圖，還轉發到客戶的官方網頁。經理立刻打電話道歉，也提出補償的優惠方案，但對方沒有給出正面回應，有可能在研擬取消合約，所以在他們有進一步動作之前，我們必須想辦法安撫……」

正準備跟公司簽約的代理商？

不就是整個部門花了三個月來回改了幾十次提案才談下來的大客戶嗎？

「原來，這就是副主任口中的『小問題』。」我理解地點了兩下頭，「這種狀況也不是沒出現過，簡單的就是拎著罪魁禍首去賠罪，麻煩的就是開除罪魁禍首，但現在卻要不相干的我出面，所以，是要我扛下來嗎？」

「但妳放心，公司絕對不會虧待妳，妳想要轉調到哪個部門或者分公司都沒問題，畢竟，妳也沒辦法繼續跟我在同一個單位工作下去吧。」

「這樣聽起來，我是不是該跟你道謝？」

「沛青──」

「謝承安，就算我今天跟你沒有任何糾葛，我也是一個從來沒犯過錯，還談下不少客戶的員工，不是能讓你隨意糟蹋的！」

握著拳，我努力平復內心翻覆的情緒，我不清楚在這種狀況下我和謝承安對彼此的了解到底是好事或者壞事，從他不經意的小動作，我輕易就能看穿他的藉口，而他也自我的表情舉止，立刻判斷出不讓我完全爆發的最佳選項。

「妳先考慮一下吧……」

他的聲音還沒落地，我就轉身快步離開他的辦公室，無法顧及同事們的窺探與好奇視線，逕直走進洗手間，再度將自己反鎖在廁所裡頭。

有那麼一瞬間，我的腦中竟閃現「怎麼樣都無所謂了，和公司交換條件對我不一定是壞事」，摀著臉，我以為自己會哭，卻發現除了痛苦的吐息之外，我居然流不出任何一滴淚。

也許，昨夜的雨將我體內的眼淚一口氣沖刷殆盡了。

□

「謝承安你這個該死的爛男人！」

我用著拿酒當水的氣勢，一口氣灌下半杯啤酒，說不清是暢快還是難受的氣泡感不斷地竄進體內，將酒杯重重地砸在吧檯桌上，歡快的曲調彷彿正在嘲笑我的悽慘。

「空腹喝酒會喝醉的。」

「我就是想喝醉才會來的。」

「小菜，送的。」西班牙小酒館的店主阿修送來一盤一口大小的三明治，「至少先墊墊胃，酒多喝總是會醉的，沒必要為難自己。」

我吸了吸鼻子，真誠的對待不需要多厚重，即使只是一句話，也如同降在沙漠的一陣春雨。

但春雨卻又伴著雷。

「妳的朋友呢？在我這裡可不會有什麼醉醺醺的戀情喔，不過我倒是有一張值得信賴的計程車司機名單。」

「就算是朋友，也有沒臉見她們的時候。」我伸手扯住阿修，「要是你打電話給顧瀾或小杏，我就把這間店列入黑名單。」

「妳先把麵包吃了，我就不打電話。」

「你的口氣像哄貓。」我咬了一口搭配火腿的法國麵包，流浪貓，這三個字不輕不重地砸落在我的心尖，讓我有些許的慌亂，「我不是貓。」

阿修敷衍地點頭附和。

說不清是以酒配菜還是以菜配酒，我又喝完了手邊的啤酒，纏著阿修替我續杯，他卻端來一杯冰水，對我的點單擺出愛理不理的態度。

我真的是來買醉的。

「你覺得，在你店裡喝醉比較安全，還是我現在去找另一間店，灌醉自己比較安全？」

阿修終究落了下風，面對一個強烈想把自己搞成一灘爛泥的人，稍微正常一點的人都不會有勝算。

他還是替我續了一杯啤酒，似乎立即決定採取反向作戰。

「喝吧，妳就盡量喝吧，快點醉倒我早點解脫。」

我又生生灌下兩杯滿滿的生啤酒，卻意識到現實沒有那麼簡單，先不說我的酒量比一般人來得好，光是我的胃就成為我買醉的最大阻礙。

在醉之前，我已經被大量的液體撐飽了。

我趴在吧檯邊，可憐兮兮地玩著竹籤，阿修把我塞在角落之後就決意將我放生，於是我只能孤零零地感受體內逐漸升騰的醉意，恰好模糊了最清晰理智的部分，卻掩不去所有想被甩開的畫面。

出了那麼大的紕漏，得罪客戶的事立刻席捲整間辦公室，比起收拾殘局人們更熱衷於挖找出不為人知的秘辛；沒過多久，每個人的手機裡都已經存著一張案發現場的截圖檔案，連午休都還沒結束，就有人揪出了罪魁禍首。

請假沒來的助理愛莉。

有了明確的目標後，後續湧出的資訊似乎也不那麼讓人意外了，她的空降本就引人注目，闖了大禍也能撒手不管，不外乎就是哪個高層的女兒來部門過個水，意外談了場辦公室戀愛，所以現在不只有爸爸可以靠，還能先把主管男友推出來擋一擋。

聞言我不禁冷笑，誰也不知道，更大的秘辛是，小助理把主管男友推出來擋禍，而主管男友轉手就想拉著前女友出來墊背。

「所以我是食物鏈的最底層嗎？」

「食物鏈最底層通常是浮游生物，妳看起來不像。」

「不然我像什麼？」

「流浪貓。」

我猛然爬起身，視線緊緊鎖定不知何時在我左邊落座的男人，酒館內的燈光十分昏暗不明，彷彿披蓋一層曖昧的薄紗，但光影卻將他的輪廓勾勒得更加立體深刻，我滲滿酒精的腦袋翻找不出適切的詞彙來形容他的長相，唯有一句話清清楚楚地浮現——和他的字跡多麼相像。

他的聲音和那句流浪貓在在彰顯他是昨夜拯救我的男人，這時我才後知後覺的想起來，昨夜我從頭到尾都沒看清他的臉。

連續兩個夜晚在不同地點遇見同一個人，這種巧合的機率有多大？又者，站在他的立場考慮，連續兩晚遇到同一個女人都處於神志不明狀態的機率有多少？

我不由自主伸出手，指尖輕輕碰上他的臉頰，冰涼而柔軟。

「你又來帶我回家嗎？」

他搖頭，似笑非笑地望著我，拿開我貼著他臉頰的手指，在他鬆手之前我先一步抓住他的手，卻只得到他再一次的搖頭。

「我不喜歡喝酒的流浪貓。」

「我那個劈腿的前男友也不喜歡我喝酒，所以跟他交往之後我就不喝酒了，阿修都罵我佔用他的位置，可是，就算我不做他不喜歡的事，他還是劈腿了啊，而且聽說他的新女友還是個小酒鬼，所以，到底為什麼我要忍耐呢？」

我瞇起眼，湊到他的面前。

「你也喝酒了。」我哼了聲，甩開他的手，「男人都一樣。」

「沒有人是一樣的，不管是男人，或是女人。不過現在跟妳說這些妳也聽不進去，明天醒來又會忘得一乾二淨吧。」他輕輕拍了我的頭，「但記不得有記不得的好處，不必考慮後果，拿出來的才會是真的。」

「聽不懂你在說什麼，我才沒有忘記，你看，我不就認出你了嗎？」

03 我們的相遇，是偶然或者必然？

頭好痛。

我抱著頭，掙扎地按掉刺耳的手機鬧鈴，憑藉著本能起身走下床，卻在走往洗手間的途中狠狠撞上椅子，我吃痛地彎下身，卻也因為疼痛徹底清醒了過來。

藍色沙發……？

我猛然抬頭，詫異地環視房間的每一個角落，而後驚恐地意識到，竟然沒有一處帶有我熟悉的感覺，低下頭我小心翼翼地瞄向身上的衣服，連一絲僥倖的可能性都沒有——

我身上穿著一套分明是男用的運動服。

「剛剛這五分鐘內的經歷，為什麼有一種好像經歷過的感覺？天啊，不是好像，是真的又來一次……」

連續兩天都在同一間陌生的房間內醒來的可能性有多大？

我不知道。

但管它機率多大多少，重點是，已經確確實實發生在我身上。

「如果是重演一次昨天的橋段……」我躡手躡腳地移動到米白色的門邊，將耳朵貼靠上門板，試著掌握一些門外的線索，「打開門他應該也不在吧！」

沒錯，人要抱持正面的態度。

我悄悄地壓下門把，一公分、一公分小心翼翼地推開門，隨著視野擴大，映入眼簾的是跟二十四小時前一模一樣的客廳，一樣整潔，一樣明亮，一樣沒有人。

太好了。

我鬆了一大口氣，以最缺乏創意的形容來比喻，大概就像醒來忽然發現自己被塞在雲霄飛車的座位裡，驚惶失措地擔心下一秒機器會突然啟動，讓自己從至高點俯衝而下，但所有憂懼都在腦中轉過一輪後，卻突然發現雲霄飛車已經抵達終點，而我隨時可以解開安全帶離開遊樂場。

然而，正當我的手搭上安全帶扣環之際，現實卻又來個大反轉，我忽略了，有一類的雲霄飛車特別增設了最折磨人的靜止時間，讓人在最高點得到一種荒謬的釋放感，卻在情緒安定下來的瞬間，趁其不備地，高速、俯衝。

人的神經大抵都是在這種時刻斷裂的。

「妳在做什麼？」

「啊——」

突如其來的問句讓我驚叫出聲，我不可置信地抬起頭，深刻地體悟到，比起面對他，我更願意被塞進雲霄飛車。

我不由自主地往後縮了一小步，理智被他的叫喚嚇得四散，我居然不加思索地拋出毫無道理的質疑：「你、你怎麼會在？」

「這裡是我家。」

是啊，這裡是他家，不僅是我穿的灰色拖鞋、我踩的木紋地板、我穿的男用運動服，甚至是被我吸進肺腔的空氣，都是屬於他的。

「我是說……」

他的唇畔勾起一抹在我看來十分不懷好意的淺笑，以相當優雅卻透著誘惑感的姿態啜飲了口手中玻璃杯的水，當他的唇碰上玻璃杯壁，我竟感覺喉頭傳來一陣異樣的乾渴。

大概是宿醉的緣故。

「今天是星期六。」

我愣了一瞬，看來，我消卻的時間感也是宿醉的後遺症。

但比起宿醉的乾渴以及喪失時間感，隨之而來的尷尬才是最大的考驗，我的思緒轉了一圈，搜尋不出任何有效的策略，既然無法前進，就只能後退了。

於是我以一種欲蓋彌彰的方式，在他眼皮底下「偷偷退回房間」，依照一般成年人的常識，他應當會視而不見，讓我默默退場。

然而那前提是「一般成年人的常識」。

「要吃早餐嗎？」

看來，我對於眼前這個只認識兩天的男人，不、稱不上認識，總之我對於他的了解比我對哥本哈根的了解更薄弱。

「不用了，我換了衣服就走。」

「但妳的衣服還在洗衣機裡泡水。」他用一臉「這種事難道妳忘了嗎」的表情，毫不留情地戳著我的心臟，「昨天妳說什麼都要洗衣服，在客廳就開始解開鈕子——」

我忘了。

既然忘了，必然有被遺忘的理由，我決定坦然接受人生中有一處短暫的空白。

儘管他的話突然喚醒了我藏匿在記憶夾層的某些碎片，但我決定無視。

「這些細節就不用說了，那、那我直接把衣服帶走，改天會用不打擾你的方式還回你的運動服。」

「送妳吧。」他斂下笑，轉身走回客廳，「反正也不會有第三次了。」

□

我就這樣以一種莫名其妙的方式離開他的住處。

對於他的態度不變我完全摸不著頭緒，但他說得沒錯，無論我和他的相遇如何地跌宕深刻，不、正因為太過不尋常的相遇，反而囿限了我和他延續第三面緣分的可能性。

「但這樣乾淨俐落地走人，也太無情了點。」

我站在門前注視著門板很長一段時間，仍舊掏出了提包裡的便條紙，依然只簡單留下「謝謝」兩個字，最後貼上門板的正中央。

便條紙的黏性說實在不太好說，認定不會掉的時候卻一碰就脫落，想著八成撐不久的時候，卻又牢牢實實地貼附著，在我眼中的便條紙簡直就是叛逆期的同義詞；但此刻的我，對於希不希望他收到這張便條紙，感到十分搖擺不定。

或許便條紙的叛逆正是因應這種狀況而生，我不能掌握他會不會收到，他收到是緣分，不收到也是緣分。

拎著吸飽水分而充滿重量感的套裝，我盡量不去想男用運動服搭配黑色跟鞋是哪個時空裡的時尚，但當電梯門緩慢開啟，擦得晶亮的鏡子一秒就將我的自欺欺人擊潰。

於是在電梯移動的過程中，我不斷思考「乾脆換上濕答答的套裝」以及「脫掉跟鞋赤腳走路」哪一邊是比較好的選擇，但我卻突然想起昨夜他曾對我說過的話。

「妳的選擇裡，為什麼沒有『接受現狀』這一項？」

「當然是因為現狀不適合人待啊，那些成長書籍，或者節目頻道不都把『改變』、『突破』用特大號的字體，還加上好幾個驚嘆號來強調嗎？好像不改變不突破就是犯了不可饒恕的罪過一樣……我掉進這種狀況裡頭，說不定就是一種天譴……」

「依照妳的邏輯，那些進退不得的人，不就每一個都應該被懲罰了？」

我不清楚為什麼在我模糊的記憶裡，和他的這段對話會顯得如此清晰，我猜想，也許是被他用低啞嗓音緩慢唸出的「進退不得」四個字，重重落進我的心底。

「進退不得的那些人」是對我的寬慰，或者在說他自己？

我嘆了口氣，放棄了換衣服也放棄脫掉跟鞋，為了讓自己稍微符合一點大眾的審美，無論哪個選項都必須犧牲我的舒適，說真的，運動服挺好穿的，跟鞋也是穿習慣的，我想，成長書籍裡用粗體字標出的「成長」、「突破」應該不是指將自己推向比現狀更不自在的方向才對。

然而我的感悟沒持續多久，當我爬上住處的樓梯，就終止在顧瀾和小杏那不可言說的表情之中。

「鄭沛青，妳這個樣子是想報復自己還是報復世界？」

「妳不是很擅長整理重點嗎？妳該報復的人是謝承安那個爛人吧！」

一人一句話，非常清楚地讓我掌握住事情的發展程度。

我知道瞞不了顧瀾和小杏多久，卻也訝異她們跟上進度的速度，我一邊苦笑一邊帶她們進屋，腦袋裡還在組織怎麼說明連日來的「奇幻旅程」，但顧瀾卻一把抱住我，順了順我的背，簡單的幾個動作，甚至不需要任何聲響，就逼出我以為再也擠不出的淚水。

沒事的。

妳會好好的。

沒說的話都透過她們的溫度確實地被傳遞過來，像一陣輕淺的風，在呼吸特別困難的時候帶來令人終於得以喘息的氧氣。

她們的溫柔逼得我哭得一塌糊塗。

很多時候，我們需要的或許就是一份簡單純粹的接受，無論我們多難堪，也無論我們多悽慘落魄，只要有那樣的一個人，既不同情，也不安慰，卻接納了完整的我們，我想，我願意用整個世界來交換顧灡跟小杏。

然而，顧灡和小杏卻比我更積極捍衛著我的世界。

□

「妳這是一口氣要把六十年份的戲劇性都爆發出來的節奏嗎？」

「以現在的科技，她應該會活超過六十年。」

……重點在那裡嗎？

我捧著馬克杯，小口啜飲著香氣馥郁的伯爵紅茶，淡淡的香草味瀰漫在我的口腔，隨著我輕輕嚥下，一陣熱熱暖暖的感受滲透進我的身體，進行著長而緩慢的呼吸，生活感終於逐漸回歸到我的身上。

花了將近一個小時鉅細靡遺地講述事件的始末，無論是謝承安，或者愛莉，甚至是剛剛換下的運動服，當然，我適當地省略了某些部分，例如流浪貓，例如在陌生男人的客廳作勢脫衣服，又例如隔天醒來奇異地發現衣服已經被更換整齊，略過這些部分並不妨礙故事的跌宕起伏。

「妳想要打斷他的肋骨還是要黑掉他的工作？」

「都不想。」

「有來就要有往。」顧瀾敲了敲我的額頭，「不是想刺激妳報復，但像這種男人，妳退一步，他就會往前走三步；可能在妳看來搧了一巴掌就算結束了，但對另一些人來說，一個巴掌根本就是小打小鬧，有些人，不付出代價，就得不到教訓。」

顧瀾的話剛落地，小杏就接著說：「不然，直接跟小三攤牌吧，雖然她可能也是被蒙在鼓裡的那一個，但讓她知道交往的對象有前科也是一種公益活動吧。」

放下馬克杯，杯底接觸桌面時發出一陣清亮的響音，我想起早晨他相同的動作，卻安安靜靜地。

接著我又伸了一個懶腰，像貓一樣，舒服地將身體延展開來，我的一連串動作卻刺激了顧瀾和小杏，招來兩雙漂亮的白眼。

也是，旁觀者氣憤難平，當事人卻悠悠哉哉，我和她們的立場彷彿被誰偷偷交換了。我猜想也許是碰見那個男人的緣故，該哭的，不該哭的，該鬧的，不該鬧的，通通在短時間內實行過一輪了，積累的情緒找到宣洩的閘口，瘋狂洩洪之後便會歸於平靜。

不巧，我那些「瘋狂洩洪」的舉動都屬於故事中被省略的環節。

「妳們忘了嗎？那個可能也是無辜的小女生，跟那個闖了禍就躲起來想找我揹黑鍋的小女生，是同一個人喔。」我打了個呵欠，實在不想把假期浪費在兩個不值得的人身上，「讓他們互相扶持，互相折磨，相愛相殺吧，已經跟我無關的事情，我不想浪費力氣去湊熱鬧，也不想浪費妳們的時間。」

「妳釋懷得這麼快，很不對勁！」小杏那張可愛的臉龐突然湊近，「反常必有妖，妳不是受了太大打擊，現在還處於否認階段，就是有沒交代的部分……」

真敏銳。

但我怕我一交代，她們兩個人的目標就會立刻從謝承安轉到那個男人身上，我已經帶給他夠多的麻煩了，不能把更麻煩的我兩個朋友也帶給他。

對了，在我說給顧瀾和小杏聽的奇幻旅程當中，連續兩天收留我的，是一個短髮俐落卻又溫暖的——

女人。

再怎麼親密的關係，都需要適當的謊言來作為潤滑。

所幸我非常擅長擺出坦率而誠懇的笑容，這些年的簡報訓練和危機處理的經驗可不是假的，看吧，只消一個完美的弧度，就消弭了小杏的懷疑。

「事情這樣一件件高強度地丟過來，其實也是好事，一瞬間就讓我看清楚了交往兩年期間都看不透的環節，免去那些糾結輾轉跟藕斷絲連，至少這點，我也是滿感激謝承安的。人不就是這樣嗎？一旦看明白了，也就不會留戀了。」

「妳想清楚就好。」

是了，她們的每個決定都是以我為出發點，想替我報復，是怕我獨自吞嚥承受遭受背叛的痛苦，聽完我的真心後，又立刻偃旗息鼓，因為我們都很清楚，無論是報復，或者逃避，無論如何處置對付謝承安，明裡承受的是他，暗裡我卻也必須跟著剖開心口，直到將腐爛的病灶刮除殆盡為止。

愛情不是一個人的事。

結束也不是。

「不過失戀還是得平復的，雖然妳酒品很差，但今天我跟顧瀾會罩著妳的。」

……酒品很差？

正想反駁，卻想起在那個男人家客廳意圖脫衣的舉動，嘴唇開闔的動作旋即化作一抹尷尬的笑。

「把那個拉妳一把的漂亮大姐姐也一起叫來吧！」

「妳說什麼？」

「好歹妳也鬧了人家兩夜，請她吃頓飯、喝點酒也是應該的。」我迴避著顧瀾黑亮的眼眸，她卻不肯放過我，「打電話給她吧，妳不是才剛剛從她家回來？」

「那個漂亮的……大姐姐，好像很忙……」

「再忙也需要吃飯吧。」

「我沒問她的電話。」我暗自深呼吸，但手卻不由自主地胡亂撥著頭髮，「總是會有一些人，伸出援手並不是為了得到回報，所謂的感謝，其實是受到恩惠那方更加需要才認為非做不可。我很清楚地在他身上感受到了這點，比起我的感激，他更希望彼此回歸到原點……不然這樣吧，我認真從事幾件公益，捐錢給家扶中心啦、參加關懷獨居老人活動啦，或是去醫院當志工，把這些都迴向給他，如何，我的提案更加實際吧！」

「真是溫柔的人呢。」小杏不知為何忽然感慨了起來，我的心底掀起某種不妙的波動，果然，就聽見她接著說：「希望妳回歸原點也許是為了讓妳別再回溯當時的慘況，大多數的人，縱使表面上看起來克服了過去，但只要有一點線索，一點將人牽引回那段時光的拉力，極有可能再度陷入泥淖，而且，這不是闖關遊戲，經歷過了就能掌握翻越的技巧，相反地，當初的施力點，都會成為讓人跌得更深的陷落……這樣的人，確實不需要感激，因為比起感激，妳更應該讓她看見妳已經重振精神了。」

我怔忪地望著小杏，差一點我就被她說服了。

其實我也一直思索著為什麼他會在那場雨中替我撐起傘？後來我才想起來，他並非路過的某個人，而是特地從街的另一端朝我走來。

曾有人告訴我，人對另一個人伸出援手有各種理由，其中最令人哀傷的，便是——他也正等著哪個人能拉他一把。

「那也得等我真的完全重新振作。」我斂下眼，扯開一抹約莫看起來像苦笑的弧度，「畢竟那也是一場我認真投入過的愛情。」

04 每段關係都有最適合的結局，不是只有幸福快樂的選項。

我又坐在謝承安的辦公室內。

安靜盯著正不自在地扯動領帶的男人，認真想想，交往期間我從未和他像這般在辦公室獨處；儘管上司和部屬獨處是件再正常不過的事，但由於心中不時在意著交往的關係，便顯得過於小心翼翼，雖然不久前我才指著他的頭斥責他混入私情，但大概我也從來沒能真正公私分明過。

果然人必須抽離之後才能真正看清自己。

「妳考慮清楚了嗎？」

「嗯。」我給出短促而淡漠的單音，雙手不自覺握緊，「公司不就想把愛莉摘出去嗎？不過就是跟客戶低個頭，被羞辱幾句，說起來也不會有什麼實質傷害嘛……在你看來大概就是這麼簡單的一回事吧。確實，不是件多麼大不了的事，只是我很好奇，連這麼一點『小事』都要大費周章地護住她，到底是愛莉的背景雄厚，還是出於副主任你的心疼呢？」

我自嘲地抿起笑。

進行好幾天的心理準備，甚至在推開門走進辦公室的瞬間，我都還自信地想著，我能夠坦然接受並且寬容地對待這份逝去的愛情；無論他帶來多少傷害，終歸是曾經替我的生命畫上幾抹色彩，至少我愛過他而他也曾愛過我，便已是個太過難得的湊巧。

甚至，我還打算給他一個和善的弧度。

然而心理活動終究是心理活動，就像演練過上百次的講稿，只要還沒站上舞台，誰都不能肯定屆時能不能順利完成演講。

看來我就是那個理想大於實力的人。

「你不用回答，雖然好奇，但也沒到真的想得到答案的程度。」站起身，我堅定地望向他，「但是，我不調職，我會把收拾爛攤子當作業務的一部分，卻沒打算為了你或者她犧牲這些年來我的努力與心血。」

最後一個字以極其安靜的姿態落了地，我等了幾秒鐘，儘管不能確定我究竟是替他或者自己留了什麼樣的餘地，然而他仍舊以沉默作為最後的答覆。

對不起。

或者謝謝。

關起門的時候我突然明白，其實什麼都好。

總感覺一段愛情，無論多麼安靜或者轟轟烈烈，又或者溫柔與背叛，走到盡頭竟只剩下沉默，實在太過荒涼。

我輕輕嘆息，門板闔上的響音迴盪在我的腦海之中，也許這便是我和他的愛情結束的聲音。

□

我又確認了一次妝容，拉齊根本一點皺褶也沒有的白色襯衫，看著電梯樓層數字從11跳往12，用力抿了下唇，捏緊公事包的提把，迎接電梯門開啟的時刻。

12。到了。

踏出電梯後，我向櫃檯員工表明了身分，不知是不是我多想，總感覺她投往我身上的視線多了一絲憐憫，連態度都溫和了一些。

隨著她移動到會議室的過程中，我再度翻找出每一個屬於即將面對的客戶的標籤：難搞，冷漠，不留情面，完美主義，以及、容錯率低。

前幾項對我而言都稱不上多大的難題，但想到最後一點我就忍不住皺起眉，老實說愛莉闖的禍根本已經超出了「容錯率」能涵括的範疇，也許這才是必須推個人替她揹鍋的真正原因。

被修理一頓保住合約也還能自我安慰，最慘的是負荊請罪後除了滿身傷痕外什麼也不剩，多經歷幾次說不定就會放棄人生，認定人生不管多麼努力挽救都毫無用處……

停，打住！

在上場之前就設想會失敗是每個行動的大忌。

但我實在樂觀不起來……

「請先在這裡稍候，何經理開完會就會過來。」

「好，謝謝。」

有著微翹短髮的櫃檯員工在離開會議室前又瞄了我一眼，這次我很肯定，那百分之百是憐憫。

我緊繃又侷促地正坐在黑色辦公椅上，腦袋裡高速轉著各種可能面對的刁難，大抵都還能消化，往好處想，在關於這位何經理的據說之中，有一項最令人感到安心的，便是公私分明。

儘管我跟他沒有任何私領域的交集，至少他不會是那類會藉由羞辱他人來宣洩憤怒的類型，我一邊這麼想著，不遠處的門板忽然被推開，我幾乎是下意識地站起身，拿出最誠摯的表情迎向來人。

然而應該要自我介紹的我卻當場僵住。

直到他拉開椅子，在我正前方落座，我都還處於失語的狀態。

最後，他用手上的鋼筆在桌面上敲了兩下，才將我從石化之中喚醒。

暗自進行深呼吸後我盡可能以最冷靜的語調自我介紹，並且以無比誠摯的態度表達我方的歉意，以及補救措施；只是我的思緒卻彷彿抽離一般，視線也難以直視眼前這個戴著眼鏡的男人。

縱使鏡片阻隔住他的雙眸，卻遮掩不住留存在我記憶中的深邃。

我和他的每一次相遇總是在意料之外。

「我能感受到你們想表達的歉意，也承認你們提出的補償方案很誘人，但不管做得再多，也改變不了你們曾經犯過錯的現實。」他說，用著與我印象中截然不同的冷酷嗓音，「你們用了幾個月來證明你們值得被信任，只是很可惜，事實比你們的努力更能讓人信服。」

「我明白犯下這種錯誤不可饒恕，但正因為曾經犯過錯，往後的合作過程中，我們會將這次的錯誤作為借鏡，更加謹慎地完成每一個環節，更何況，在眾多合作對象中，貴公司最終挑選了我們，那正是因為我們有勝出其他人的優點，希望能再給我們一次機會，我們絕不會給自己有任何再出錯的空間。」

他瞥了我一眼，冷淡卻又彷彿隱含了某些什麼。

那雙擺在桌面上骨節分明的手，挑動我潛藏的記憶，我不清楚人是否時常都會如此，某些打從一開始沒放在能被碰觸範圍的畫面——連記得或者忘記都無法討論——因為那本就不存在於我們所以為的記憶檔案當中，然而只消一個閃現，也許是一個響音，一句關鍵的話語，但也可能是一雙骨節分明的手，那些我們以為從未經歷過的畫面便突然栩栩如生地在腦海中重演。

我想起那晚我彷彿攀附著浮木一般緊緊攀抱著他，像要將體內所有水分都擰乾一樣拚命地、拚命地哭泣，在劇烈的顫抖中，我卻清楚地感受到他那雙貼放在我背上的熱燙的手。

以及他低啞的一句「沒事的」。

儘管我警告自己必須切割公務與私人感情，卻沒辦法不去揣想眼前的男人，黏貼在他身上的每一個標籤，都與我的印象有極大的落差，可眼前的他同樣無法準確與我的印象疊合。

「就現實面來說，我們公司能夠合作的對象很多，儘管要相信一個陌生人很不容易，但要重新相信一個人更難，我沒有非得要將就或者繞遠路的必要，所以，我接受你們的歉意，但不會再考慮和貴公司合作。」

被拋擲出的話語一個字一個字落進我的心底，預備好的說詞竟沒辦法被流暢地擠出來，我又一次意識到自己真是個失敗的人，沒辦法將混進公務裡頭的私情徹底拔除。

他的話總讓我不自覺扣連上曾攤放在他眼前的狼狽，我哭訴著，我再也無法相信一個背叛過我信任的人，縱使他耗盡一切想挽救或者彌補，但他先揮霍殆盡的，就是他想重新獲取的信任。

人的心一旦碎過一次，就有了不可逆的裂痕。

於是我兵敗如山倒。

「對於這次對貴公司造成的傷害與困擾，我再一次表達深深的歉意，我也會將何經理的意思轉達回公司。」

我起身，微微的鞠躬，但夾在行事曆中的那張便條紙竟不合時宜地滑落，我有些欲蓋彌彰地遮掩住上頭俊秀的字跡，以平靜和緩的口吻結束今日的會面。

「謝謝何經理今天特地撥空，那我就先離開了。」

「妳比我以為的還要堅強，卻也比我以為的還要懦弱。」

我移動到中途的腳步忽然頓住，視線落在黑色的門板中央，不知為何我居然笑了出來；但我沒有回頭，而是繼續了我的離開。

只是，在踏離會議室之際，我還是回話了。

「一個人的堅強或者懦弱從來就不會符合哪個人的想像，因為活在想像中的，不會是真正的那個人。」

□

我走到西班牙小酒館的門前卻又來個大迴旋，接著往右轉走進燈光明亮的便利商店，我一直很相信一個定律，曾經巧遇過某個人的地點，多走幾次必然會再度碰上同一個人，因此我高二那年天天到補習班附近的麥當勞蹲點，但這也是我高中畢業後再也沒吃過麥當勞的理由。

隨手挑了一瓶罐裝茶，縱使謝承安曾經仔細地替我解說過白毫烏龍和紅烏龍的差別，但對我來說茶的世界就只切分為有糖和無糖，從前認為有那麼一兩個部分觀念不同調並不算什麼，現在才明白，所有的歧異都是從極微小的點開始擴展。

明明記得只是一小步讓人不以為意的距離差，再次回頭卻驚覺兩個人已經走到再也觸及不了對方的遠方了。

「所以我是認真研究各種茶的類別，還是找一個跟我一樣只在乎有沒有添加糖分的人呢？」

這樣吧，往後碰上有一點好感的男人，第一個提問就是：「嘿，你喜歡喝無糖的茶或者有加糖的茶呢？」

一旦對方精準地回答「我喜歡無糖烏龍綠」或者「我偏好微甜的蜜香紅茶」，就能果斷地從發展名單中剔除。

我嘆了口氣，要真能這麼簡單俐落就好了。

關起飲料櫃的玻璃門，透明的玻璃染上一層白色薄霧，我就著倒影將瀏海撥齊，卻發現另一道影子疊加在我的身後。

大概，往後我奉行的定律又會多上一條——無論繞上多遠的路又走往多不可能相遇的方向，註定要碰上的兩個人，就是會碰上。

所謂的「巧遇」，精髓不在遇而在於巧。

我往左橫跨了一大步，眼角餘光瞄見他拉開玻璃門，惹人無比在意的那骨節分明的手拿了一瓶跟我手上同款的罐裝茶，我想我丟失的神智一定是還沒完全撿回來，我竟然鬼使神差地向他搭了話。

「第二件七折，要一起結帳嗎？」

我好想咬斷自己的舌頭。

在我陷入深深的自我嫌惡之際，居然聽見他說了一聲「好」。

世界果真無處不玄幻。

算起來，這是我短短的一週內，第四次見到他，如果把第二次在他家醒來的那天早上也算進去，那就是第五次，簡直就像老天突然從口袋抓出大把的「巧遇」，當作跳樓大拍賣的活動般一點都不客氣地往我和他身上撒，無論走左邊或者走右邊都不是重點，反正地球是圓的，對方總會站在我前方的某一點。

……因為你就是我的終點。

捏著寶特瓶，我感到一陣微妙的惡寒，不自覺地往後退了半步，卻又被我半分鐘前拋出的那句「要一起結帳嗎」拴住，進退不得。

快點結完帳快點分道揚鑣的期盼，也被慢條斯理撕開一張張帳單的前一位顧客打壞，不僅罐裝茶錯過了最冰涼的賞用期，我和他並肩站立的時間也超出了「不對話也不尷尬失禮」的時長。

於是很有常識的何碩主動拉著兩人離開了沉默。

「今天不喝酒嗎？」

「我大多時候都不喝酒。」

「很顯然，我總是碰上妳的例外。」

「我以為你不是會向別人搭話的人。」

「一個人會不會向另一個人搭話，從來就不會符合哪個人的想像，因為活在想像中的，不會是真正的那個人。」

我再一次想咬斷自己的舌頭。

抿了抿唇，不知道是認同他還是認同說出原版台詞的自己，總之我輕輕點了兩下頭。

「換個問題，何經理是想表示友好嗎？跟你下午的設定差距大到讓人不太能消化。」

「妳可以直接喊我何碩，把切分點設在工作中和下班後，應該不難。」他唇邊泛起一抹若有似無的淺笑，「妳做得很好。」

八成，這才是他願意跟我說話的真正原因。

假使我今天上午對他有任何一點攀關係的舉動，我應該會被他毫不猶豫地列為拒絕往來戶，說起來，這比我打算用「你喝有糖或者無糖的茶」來當作篩選標準可靠多了。

「說實話，我並沒有這種把握，雖然今天暫時撤退了，但只要我的上司們一天沒有打算鬆手，我就會不時出現在你面前，說不定哪個時候就裝一下可憐，順便套一下不知道算有還是沒有的交情……」

「真到那時候，說不定我會考慮。」

我愣了一瞬。

詫異地望向他，以為是玩笑話，但他的表情卻讓人感受到「或許他真會如此」。

「這跟你幾分鐘前說的話背道而馳，而且聽說，你最鮮明的標籤就是不受私情左右。」

「妳有沒有想過，那也可能只是那些私情沒能動搖我？」

05 有些人像貓，離開以後便再也不會回來。

我不明白何碩的話意。

拆解又重組了幾次之後仍舊摸不著頭緒。

我一度以為他的言語是種撩撥，但那麼近的距離，能清楚感知到他舉止間絲毫沒有曖昧的氣氛，他的反問更近似一種哲學的詰辯，分外令人費解。

「妳打算說實話了嗎？」

「什麼？」我嚇了一跳，迎上顧瀾黑亮的眼睛後才發現我根本沒掌握住她的脈絡，「我剛剛有點走神……」

顧瀾不以為意地點頭，給了我一個溫暖的微笑，卻扔出讓我立刻進入警戒狀態的話題。

「我說，車站附近那間蛋糕店的水果派清爽又不甜膩，很適合當作謝禮；當然，妳還是能去做善事迴向給對方，這不衝突。」

「我、我改天會買去……」

「小杏訂好了。」顧瀾的漂亮笑容忽然讓人感覺到一股邪惡，「大概半小時內就會到，趁著新鮮，我們三個一起拿去給那個溫柔體貼的大姐姐吧。」

「可是……」

我的腦袋正高速搜尋著適切的藉口，一次兩次的推拒遲早會被發現漏洞，必須想個一勞永逸的理由；然而我還沒找到一個好的說詞，顧瀾迎頭就砸下一記重擊。

「喔，對了，那套男用運動服也該還人家。」

男用運動服。

我僵硬地望向笑得十分燦爛的顧瀾，雙唇微張卻又再度闔起，無論我多麼擅長說謊或者掩飾，我想她都不會接受「她身材比較高䠷」或者「她把家人的運動服借我穿」這類拙劣的解釋。

「妳什麼時候發現的？」

「一開始。」

「……多一開始？」

「看見妳穿著運動服搭配高跟鞋的那個一開始。」

還真前面。

也就是說呢，在我費力編造出一個溫柔又俐落的短髮大姐姐時，顧瀾早就掌握住實情，我暗自鬆了口氣，幸好我省略了不少情節。

「不管他是男是女，在我說的故事裡的角色都是一樣的。」顧瀾瞇起眼，透露著「既然如此為何要特意更動性別」，我假裝沒接收到她傳送的訊號，繼續闡述我的正當性。「只是我很清楚，人在解讀事物時都會帶著某些偏頗，所以我才選擇了一個能讓妳和小杏客觀看待我的經歷的表達法。」

「既然如此，」顧瀾白皙修長的食指輕輕滑過她塗抹上薔薇色的唇，最後停在最挑逗也最危險的位置，「妳在迴避什麼？」

「我沒有迴避，我只是不想將單純的現狀攪動成複雜的模樣，對我來說他是拉我一把的人，但對他而言，我卻是一個闖進他生活的人。」

我刻意用著特別哀婉輕緩的語氣，垂下眼眸，視線落在椅子與茶几拉出的交叉點，營造一種「無論我的內心有多麼澎湃的感激，但為了對方著想我堅決不要打擾對方生活」的氣氛。

很可惜，我的情緒渲染力似乎沒有發揮作用。

「人在解讀事物時都會帶著某些偏頗，三分鐘前妳說過的，我跟小杏都認為這很單純，無論對方是男是女，都只是說聲謝謝就能繼續往下走。」她挑起一抹飽含深意的笑容瞅著我，「把情況從單純帶往複雜的，是妳。」

「我……？」

「不過這些都不是重點。」

我突然有種非常不妙的預感。

尤其是在顧瀾的指尖滑過我右臉頰的瞬間，不妙的預感幾乎轉為實感，她最嬌媚妖惑的表情並非出現在想勾引喜歡的男人時，而往往會展現在我和小杏面前。

對她來說都是同一個概念：男人或她準備玩弄的友人，都是獵物。

「何碩。」

她說，聽見這兩個名字我差點尖叫出聲，但我仍用盡全身力氣控制住自己的反應，卻不知道該先問「妳怎麼知道他是何碩」，或者該先問「難道妳聯絡何碩了」。

然而所謂的閨密，貼心程度絕對超乎常人想像，我還在糾結哪個層面的提問比較合適，她卻早一步替我整理出了結論。

顧瀾笑著說：

「我已經替妳約好他了呢。」

□

不知道從哪個瞬間開始，我的生活逐漸脫離我的掌握與理解。

而這之中，最令人費解的節點便是何碩。

我拿著叉子，心不在焉地戳著水果派，托著腮滿腹疑惑地盯著臉上掛著輕淺微笑，得體地和顧瀾與小杏聊著溫網的男人，對比著每一次和他相處的記憶，又涼又暖，又近又遠，又冷酷又溫柔，彷彿下了一個定義後，下一次相遇便會被推翻，印象的堆疊並非讓我更了解他，而是陷入更複雜的疑問。

簡直是違反自然法則。

「看來妳對水蜜桃懷抱著很大的惡意。」

「我沒……」我的聲音頓在半途，因為他的視線正落在被我用叉子摧殘成稀巴爛的水蜜桃，「雖然很沒說服力，但水蜜桃是我最喜歡的水果。」

他不置可否地挑起笑，我不著痕跡地別開眼，儘管我一開始就清楚他長得極好，但在小酒館的昏暗燈光映照下，他的輪廓總氤氳著某種蠱惑。

像危險的黑洞。

儘管黑洞本身的意志並不曾想過吞噬任何人，但有些人的存在本身——無關他或者任何的意志——便足以成為漩渦。

「我不會懷疑妳喜歡水蜜桃。」也許是我的錯覺，那一瞬間他幽黑的眼眸似乎閃過一抹嘲諷，但下一個眨眼卻又消失無蹤。「人對待所謂的喜歡，也許時常都是這樣的方式。」

像謝承安對待我一樣嗎？

何碩富有磁性的嗓音勾起那些被我強行壓在底層的記憶，傷害並不能抵銷愛，其實我很明白這一點，卻放不下自尊，不願成為那個被驅逐的人。

——犯錯的是別人，為什麼要我讓步？

人的一生中究竟要遇上多少次相似的事情呢？

明明知道退一步就能海闊天空，可就是那樣的「一步」，從來就不是件簡單的事。

「你為什麼會幫我？」我轉開話題，不希望自己陷入太深的思索，「我是說下雨的那一天。」

「我曾經養過一隻美國短毛貓，妳跟她很像。」

「不能說實話嗎？比起想辦法給出理由，我寧可得到一個『不想說』。」

何碩側過頭，略有嘲諷地瞇起眼，唇邊揚起一抹很難定義能否稱為笑容的弧度，他輕輕搖晃著玻璃杯中的冰塊，骨節分明的手成為我視野中最強烈的印象。

「妳判斷是不是實話的基準是什麼？」

簡簡單單的一句話，我就被擊落得無言以對。

他沾了口濃烈的琴通寧，微醺的酒氣彷彿隨他的呼吸漾盪開來，我沒有回話，何碩也沒有咄咄逼人，但兩個人之間卻填上凝膠般的沉默。

顧瀾和小杏方才找了個根本不是理由的理由先走了，我並不認為她們想撮合我和身邊的這個男人，我們三個人即使總是選擇不同種類的愛情，但某些愛情觀卻驚人的一致，譬如堅信一份愛情無法以另一份感情填補。

但轉移注意力還是必須的。

可我卻彷彿陷入更深的焦灼，只消他一個眼神，便輕易挑起我亟欲掩蓋藏匿的心思，他輕緩低啞的每一個字詞，都像尖銳的針，刺得我鮮血直流。

「我差不多該走了。」

「那隻短毛貓離家之後就沒再回來過了。」

才剛從高腳椅跳下，我的腳堪堪踩到地面，他又拋出一句令人費解卻又讓人不敢追究的話。於是我只能愣在原地。

他低笑著，那震動彷彿引起我體內某些什麼的共鳴。

「大多數的人都像這樣，伸手跟對方索取實話，卻又不敢承接對方給出的實話。」

□

實話的重量大多時候比我們能負荷的還來得重。

人其實是很狡猾的生物，想聽對方的真心，這樣的要求事實上有預設的前提，更完整的句子應該是——

「我想聽你的真心，首先那必須是真的，必須有一定的重量性，而不是從哪個隨便的地方輕飄飄地拉個無關緊要的話語擺在我的手上，當你找出了符合標準的真心之後，還要先等等，在擺上來之前，記得先秤重，因為我能負擔的重量有一定的限度，所以你必須要好好拿捏，在一個能讓我感受到重量，卻又捧得起的範圍，把你的真心交給我吧，我會照單全收，真的，只要符合了我的一切前提，無論你拿出的是什麼，我都會照單全收。」

這樣的我們，根本從來沒有為了對方真正做好準備。

同時，這樣的我們，也從未真正將自己的真心交付給對方。

何碩輕巧卻具有十足重量感的每一個字，像那場大雨的每一滴雨珠，啪答啪答地落進我的心口，那不是我能避開的，無論是他的嗓音，或者是他本人。

不到二十四小時我又站在他的面前。

但他穿著筆挺的西裝，我穿著整齊的套裝，燈光明亮，沒有酒氣，而他臉上架著一副彷彿特地用來阻隔眼底情緒的眼鏡，就連他的臉，輪廓的弧度都顯得有些不同，唯一相同的，大概只有他唇畔那抹似笑非笑的弧度。

我又代替表達了一遍深深的歉意，並且用最誠摯的表情試圖軟化他的態度。

隨著促銷檔期逼近，謝承安的焦慮越加顯而易見，也許是不滿我的無能，又也許是認知到我的份量不足，據我所知他也來了幾次，但似乎是眼前的男人說了句「鄭小姐的態度比你誠懇多了」，於是我再度被推上前來。

我不太明白他的意圖。

「道歉的次數並不能提升歉意的含量，何況妳也沒帶來多少真心。」

「我是很誠懇地——」

「知道我為什麼希望妳來嗎？」何碩打斷我的解釋，骨節分明的手輕輕敲擊著桌面，明明沒有發出聲響，卻彷彿有些什麼清晰地傳遞而來。「我的態度一直非常明確，我沒有打算給你們第二次機會，事實上，我們也已經在進行新的洽談，但我也不能將你們拒之門外……既然如此，妳是最適合的，因為妳根本沒打算挽回合約，對我來說處理起來輕鬆多了。」

「何經理，或許我做了什麼不當的舉止讓你誤會我的誠意，但是，我一點也沒有敷衍了事的意思。」

「缺乏真心跟敷衍了事是兩回事。」

「我不明白。」

何碩理解地點了頭，起身朝我走來，坐在沙發上的我晚了一步，只能眼睜睜看著他逼近，由上而下的，彎下腰，伸出修長的雙手將我鎖在他的影子之中。

這並不是適合在辦公室上演的姿勢。

「你——」

「難道妳心裡不是想，『為什麼我要替傷害我的人善後』、『就算沒辦法挽回，也不是我造成的』、『不，最好是合約搞砸，犯錯的人就是得付出代價』——」

「夠了。」

我打斷他太有侵略性的語氣，卻阻擋不住他的熱氣與淡淡檀香味，我以為自己能堅定地反駁，卻察覺指尖傳來輕輕地顫抖，彷彿我的身體早我一步承認了內心的卑劣，明明擺出公私分明的態度，明明用力強調自己不會因私情耽擱工作，然而事實卻截然相反。

最公私不分的人，是我。

「無論是關於另一個人的實話，或者是關於自己的實話，人往往，是負荷不起的。」

何碩正要站直身體，亟欲想擺脫他的趨近的我卻伸手扯住他的領帶，讓兩個人的距離比一分鐘前更加貼近，卻毫無曖昧。

更像是抗衡。

我筆直地望進他幽黑深邃的眼眸，也在鏡片的倒映中看見自己。

「我沒辦法否認，也承認自己確實不想接受你剛剛說的那些話，甚至如你所說，我現在又難堪又狼狽，真實的想法明明是這麼卑鄙，卻又假裝坦然……但是呢，也許在你看來大多數的人都一樣，因為是人性，可是我卻相信，就算無法抗拒人性帶來的結果，人卻依然保有選擇權。」我感覺領帶的觸感深深嵌入我的掌心，他的領帶被我捏得發皺，但我想，此刻我的心也被擰成麻花一樣的糾結成團。

「我會帶著你剛剛所說的一切卑劣心情，一樣用著真心誠意說服你回心轉意，或許在你眼中，我只是一個自以為能公私分明的人，但我能做的，也就只是努力讓自己成為一個真正能將私情切割開來的人。」

06 所謂的界線，是用以阻隔他人，或者是為了困住自己？

攻略何碩。

我在記事本的本月目標上寫上這四個大字。

紅色水性筆在「何碩」上反覆畫著圈，我扯著髮尾，簡直要把紙給戳破了，都還拉扒不出一個能夠稱為突破口的縫隙。

來回翻閱各式有關何碩的資料，毫無新鮮感可言，高冷幹練，公私分明，不講人情，就是戀愛遊戲裡的標準配備——都會菁英男。

連戴上眼鏡都有八成像。

問題是，無論是戀愛遊戲裡的都會菁英男，或是電視劇裡的霸道總裁，零缺點的角色設定，就是會為了女主角硬生生劈開一道「只允許妳通行喔」的入口，我甩了甩腦袋，光想像何碩用低啞嗓音拋出「只允許妳通行喔」，我就從指尖開始感到發麻。

「妳知道妳要攻略的人只距離妳五公尺嗎？」

「有時候，正因為靠近才無法走進對方的世界。」

「是企劃案寫多了的人，都會說出這種聽起來好像很厲害，但實際上一點意義也沒有的廢話嗎？」

「在你的眼裡，哲學八成也是廢話吧。」

「是啊。」阿修俐落地擦拭著高腳杯，臉上表情像是很滿意杯子的剔透，「所謂的哲學呢，無論多麼艱深，又多麼有道理，在被實踐之前都是空談，而空談，簡明來說就是廢話。」

「你的人生還真簡單俐落。」

「生命已經太過艱難，沒必要讓自己活得更加辛苦。」阿修爽朗地笑出聲來，「有時候我都很佩服自己能說出這麼有深度的話。」

「有深度的店長大人，能不能提供一些攻略何碩的方法呢？」

「拜託人的態度不應該這麼敷衍，不過看在妳挺可愛的份上就原諒妳了……別翻白眼，就算是套路，百分之九十的客人，無論男女，都很有用的。」

「對何碩也有用嗎？」

「我說了是百分之九十。」

我拿著吸管攪動著氣泡水，裡頭的氣泡隨著旋轉瘋狂地跳躍，托著下巴我側過臉瞄向坐在吧檯另一端的何碩，心不在焉地想著，我來小酒館的頻率並沒有變高，但這段時間裡我的視野裡卻時常多了他的身影。

在宣告絕對要說服他回心轉意之後，我幾乎天天到何碩公司報到，我不僅跟櫃檯員工混熟，連他辦公室的幾個部屬也有了交情，甚至我和他的會面地點從會議室移到了他的辦公室，據說我是第一個達成這個成就的人，又據說我是最有毅力纏著何碩的人，但這些感嘆，都建立在他的牢不可破。

——都不知道是該佩服妳，還是佩服我們經理了。

何碩部屬的感想，體現了我的無奈，每當我在行事曆上又打了一個叉，心就往下沉了一點，特別是聽見何碩已經和另一家電商開始討論合約之後，謝承安甚至不再詢問我拜訪何碩的狀況。

繞了一圈，結果竟然是原本最不想扭轉頹勢的我堅持到最後。

「不過，我確實是掌握了一個秘密。」

「是什麼？」

「守緊嘴巴是經營酒館的鐵則。」

「你是打算用我來讓你得到『絕不洩漏客人隱私』的成就感，還是期待我拿出足以交易何碩秘密的東西？」

「想像力貧瘠對任何人來說都不是好事，尤其是妳。」

阿修替第一次來店的客人調了杯柯夢波丹，他特別喜歡利用這類的調酒來展現自己的功力，事實上我第一次來也受到他推薦喝了一樣的調酒，但對不常喝酒的我來說，單純以為阿修的出發點是選一款適合女性口味的調酒。

無論往哪個方向發展對他都是好的。他偶爾的態度特別依循結果論，但我總會忍不住和他爭辯，即便客人對他的看法都是往好的方向移動，然而向度卻完全不同，是從本質上的徹底差異；我記得自己是敗在他極度無所謂的一句話：「最根本來說，只要能被認同，無論是哪個層面或是哪個向度都一樣，這才是我的本質。」

我想這大概是我和阿修最大的差別，他非常清楚地掌握自己的渴望與目標，能夠忽視某些環節，最重要的是能夠衝過終點線；然而我卻無法不去在意奔跑過程中的每一個關卡，時常猶疑「在這裡擺上這樣的障礙物是對的嗎」，或者「踏上這條岔路會不會使抵達終點的意義變質了」，往往因此錯過了最好的時間點，甚至偶爾會被判定失格，連終點線都沒辦法摸到。

「偶爾你還是能當參考範例的。」

「這句話聽起來讓人有點不愉快，但是妳不聽何碩的秘密嗎？他是我的朋友而不是我的客人，所以不違背經營酒館的守則。」

「秘密先暫時保留。」我跳下高腳椅，一口灌完還剩半杯的氣泡水，對上阿修對我「糟蹋」飲料的不滿眼神，「如果沒辦法抵達終點，死守著原則也沒有用，偶爾還是得打破限制，確實，我太在意公私分明了，竟然一次又一次放過了最適合拉關係的場合，也沒有善加利用我知道他住處的優勢……」

「妳的領悟是不是有點偏激了？」

我瞇起眼輕輕地笑了。

視線投往正搖晃著酒杯的何碩，疏離又寂寞。

「跟偏激無關，人一旦怎麼找都找不到突破口，卻又不想放棄，通常只有兩個方法，一個是改變搜索的方式，另一個是加大突破的力道。」

□

「一個人喝酒不悶嗎？」

「有些酒只適合一個人喝。」

「那讓阿修替你換成適合兩個人一起喝的酒吧。」我揚起笑，毫不退讓地望著他的眼，「或者我請你喝烏龍茶，第二瓶七折的活動還沒結束。」

「打算從私情開始動搖我了嗎？」

「嗯。」我乾脆地承認，「雖然一條路走到底挺好，能走到終點是堅守原則，但撞了牆還不轉向，那就是不知變通，雖然我領悟得比較慢，但在還沒落定之前，都還有機會。」

「妳有沒有想過，即使妳和我真有了交情，但那時早就過了檔期，成功了也沒意義。」

「從你帶我離開那場雨的那一刻起，對我來說，你的存在就是一種意義。這段話是真心的，沒有目的性，仔細想想我也沒好好跟你道謝，這遠比起切割開工作與私人生活還重要，但我卻遲了那麼久才明白。」我認真而懇切地看著他，「謝謝你。」

「我並不是想得到妳的感謝。」

「嗯，正因為如此才更加感激。」

終於將感謝遞交給他，屬於釋然的輕鬆感在我體內緩慢蔓延開來，或許，我的內心一直都希望能和他更加靠近一些，刻意拉開距離的舉動也成了我負荷的重量，一邊懷抱著感激，一邊又得後退，本來就不是自然的人心走向。

「但我先聲明，就算我懷有很強烈的目的性，希望能說服你跟我們公司合作，可是我仍舊會以真心對待你，想請你喝烏龍茶也是真的。」

他居然笑了。

完全不懂他的點在哪。

「我也會繼續以真心拒絕妳的。我保證。」

「不需要這種保證，隨時歡迎你反悔。」我嘖了聲，跟阿修要了杯白開水，照例又免費得到一枚白眼，他說過最討厭我這種只點一杯飲料卻死賴著不走的客人了。「阿修剛剛說，他手上握有你的秘密。」

他挑起眉，瞄了阿修一眼，阿修聳了聳肩，表情寫著「我沒說出去」，卻佯裝忙碌快步走到吧檯另一端。

「能被阿修拿出來的，百分之百不是什麼大事，但又能動搖你，又能稱得上秘密，一定是超出常人想像、跟你人設不搭的某些什麼……」

「例如？」

「喜歡 Hello Kitty 之類的……？」

何碩的手似乎微微頓了下。

我湊近他，快速眨著眼，淡淡的檀香混著酒氣撫過我的鼻尖，讓我有一瞬的恍惚。拉回思緒，我像逮住貓尾巴一樣，既不能鬆手，卻也不能太過用力。

「看來，方向是對了。」

「我不會被這種方式套出話，無論我回答喜歡或者不喜歡，都能成為妳分析的線索，所以我不會給妳任何回答，但也不會阻止妳。」

「你現在是自信呢，還是虛張聲勢呢？不過我也沒想過從你口中簡單的得到答案，自己挖掘出來更有成就感呢。」

我的食指敲著右臉頰，來回審視著眼前的男人，秘密，弱點，在這些之前，卻是蠱惑，彷彿一切的好與壞都能成為令人陷落的理由。

但這不是我該深思的。

「好歹我也去過幾次你的住處，確實沒有玩偶或是擺飾，那麼，或許不是具體的，而是更廣泛或更概念性的……例如，其實你是個很有名氣的coser？」

看見何碩調侃的微笑我就知道方向錯了。

結果一整晚我就這麼東猜西猜，想挖出他的秘密的我卻反而成為娛樂他的人，雖然想使出阿修這張牌，但看樣子阿修在我和他之間毫不猶豫地站了隊，留我一個孤立無援。

最後我被阿修強行塞進計程車，結束了一夜的猜謎遊戲，我轉身貼著車窗認真地盯連站姿也充滿蠱惑感的何碩，後知後覺地想起來，我分明沒有喝酒，為什麼會得到醉漢一般的對待？

計程車轉了彎，何碩的身影終於消失，我才慢吞吞地坐正，忍不住問了司機：「不是壞事，也沒有多大的影響，但又會成為一個男人的秘密，到底會是什麼？」

「秘密跟神秘感差不多嘛，就是要吸引妳，跟妳說不讓妳知道，但其實是想讓妳知道，問題就是在妳想不想知道，如果想，那就是對對方有好感啦。」

「狀況有點不太一樣……」

「都一樣啦，人啊，就是會把簡單的事情弄得很複雜，不要想太多，否則會繞很多彎路，喜歡就喜歡，要誠實一點。」

我只能乾笑兩聲。

無奈地聽著已經被扭開開關的司機，滔滔不絕分享著人生哲學和感情觀，算了，就當作是廣播電台的節目吧。

□

計程車司機的「開解」讓我整晚腦袋裡都嗡嗡嗡地響著，喜歡就喜歡，要誠實一點，但我不喜歡何碩啊，何況上一段的感情的低潮還沒完全恢復水位，我仍在一步一步走往岸邊，難道何碩會像突來的浪又將我捲入海裡嗎？

不對，我絕沒有這種心思。

難道是何碩對……我？

我不禁冷笑，這比我帶著情傷陷入何碩的網更加不可能。

不對啊，為什麼一個萍水相逢的計程車司機隨口說說的話，我得這麼認真地思辨？

「真是沒事找事做……」

我從冰箱拿出差一天就過期的牛奶，正猶豫要倒進馬克杯或者乾脆對口灌下，眼神流轉之間，忽然看見電視新聞跑馬燈的星座運勢——天蠍座，需要陪伴可以找信賴的人聊聊。依照何碩的資料推斷，他應該是天蠍座沒有錯，就算我不怎麼相信星座，但我願意相信何碩在這個無聊又寂寞的假日非常需要另一個人的陪伴。

方才還在猶豫糾結的事突然變得乾淨俐落，我就著瓶口直接喝光牛奶，迅速地換下家居服，決定以小杏帶回來的出差禮物借花獻佛，但才剛踏出玄關，我又折返拎起被塞在衣櫃深處的那套運動服，不讓自己有任何疑慮的空間，旋即落鎖出門。

一路毫不猶疑地抵達何碩的家門前。

按下門鈴的瞬間，我才意識到自己根本沒考慮過他在不在家這件事。

拎著福砂屋的長崎蛋糕，時間流逝的感受異常具體地覆蓋在我的身上，像披上一層棉布，起初是輕盈舒適地，但分與秒如同水氣，一點一點沾附於棉布的孔隙，於是起先的輕盈舒適逐漸變得沉重，越來越難以負荷。

終於，在我幾乎要敗給時間的重量之際，門鎖被轉動的聲響重新定義了時間，我得以抖落披在身上那件浸滿水分的棉布，看著眼前慢慢拉開的縫隙，一張睡眼惺忪的臉龐落進了我的視野。

剛剛落地的心情旋即又提了起來，似乎……不是多麼適合拜訪的時間點；但我依然揚起一抹適合早晨的笑容，和他說了早安。

「妳不知道，休息日最令人不開心的就是『早安』兩個字嗎？」

「在我心中的何經理，無論是平日或假日都會維持穩定的作息，不過看來，我的判斷好像又失準了。」

他的表情有些無奈。

不知為何，我的心情突然變得非常愉悅，該怎麼說呢，一直以來他總是站在絕對優勢的位置，工作上是我必須彎腰拜託的對象，私務上又因為他屢次伸出援手而讓我不時感覺被他看穿了藏匿的狼狽，在我的印象中，他有著各式各樣的表情與姿態，高傲的，冷淡的，溫柔的，又或者一針見血的，卻從未有這一刻的無奈與精神不濟，彷彿我又替「何碩」補上了不同拼圖，讓他越來越完整。

何碩還是讓我進屋了。

「精神不濟的早上最適合補充糖分了。」

我拎高長崎蛋糕的袋子，卻換來一個更加無奈的眼神，不妙的預感讓我默默將蛋糕擺在茶几上，果然就聽見他像處於還沒開嗓狀態的低啞聲音：「我不吃甜食。」

我只能乾笑兩聲。

「看來，我今天的兩個決策都失準呢，但還衣服應該就不會出錯了。」真慶幸我有特地折返將運動服一併帶來，看見他伸手收下的那一刻，莫名的感動湧上，我的表情大概也毫無遺漏地將感動展現出來。

「有那麼感動嗎？」

「嗯。」我用力點頭，「就像被連退了三版企劃案後，意見終於被採納了一樣。」

何碩似乎忍俊不住，低聲笑了出來。

比起無奈和萎靡不振，還是這樣比較適合他。

後來我才從阿修那裡得知，昨夜在我被塞進計程車之後，他拉著想回家的何碩喝了一整晚的酒，我不禁對何碩深感同情，顧瀾曾經和阿修喝過一次酒，隔天就發誓再也不跟他一起喝酒。

一個人沒有酒友總是有理由的，尤其還是一個開小酒館的人。

「真的不吃點嗎？」我把蛋糕往前推了點，「一小片，不、一小口就好，再糟糕的企劃案總會有一兩點可以被稱讚的地方吧……」

「妳沒看過那種從第一個字到最後一個字都是垃圾的企劃案嗎？」還真的有。

但我仍不顧他的抗拒，自顧自地將蛋糕擺到盤子上，乾脆地放到他的面前。

我不是一個會強迫別人從事不喜歡的事的人。

大多時候我都會被評價為「非常識相」，也因為時常能體諒他人，所以相處起來相當輕鬆，雖然曾經得到小杏尖銳地評論「說不定就是因為妳『擅長』體諒，謝承安才會覺得能得到妳的諒解吧」，但無論如何，我仍舊將能體諒人這點視為必須保持的優點；此刻我故意以蛋糕「為難」何碩其實是突發奇想，靈光一現認為這是能夠驗證假設的好機會。

輾轉一夜得到的除了疲憊，還有一堆梳理不清的念頭，包括謝承安，包括往後的辦公室生活，也包括何碩；司機漫無邊際的揣想讓我差點不小心以「不當」的角度看待何碩，我深怕念頭一發不可收拾，想轉移注意力卻屢屢失敗，最後只好選擇了一個最安全的問題進行探索——何碩的秘密到底是什麼？

人的直覺通常有一定的準確度，總感覺我第一反應給出的「說不定他喜歡 Hello Kitty」是正確的方向，但應該更抽象，又更反差的……

看著何碩一臉不願地端起盤子，用纖長的手指拿起叉子，緩慢又優雅地切了一口大小，凝著臉將甜度極高的蛋糕放進他引人遐想的嘴裡，我知道我的假設得到了驗證。

07
我們總是懷抱著想變成和其他人一樣的心情，
卻期待某個人能從中辨識出自己。

「滿意了吧？」
「如果你現在鬆口答應跟我們簽約，我會一輩子都對你滿意至極。」
「我不需要妳的一輩子。」
「這種回答對一個女人來說實在非常殘忍。」
「妳一早就喝酒嗎？」
「何經理的想像力似乎稍嫌不足呢。」
我眨了眨眼睛，露出玩味的笑容，他毫不掩飾心累，疲倦地揉著太陽穴，似乎很快就接受了自己的弱點被拿捏住的現實。
他既不反駁或者否認，也不進行討價還價，甚至連一絲惱羞成怒的跡象也沒有，對於這點，我深感佩服。
「吃下一口蛋糕跟在文件上簽名是不同等級的事，不要開心得太早。」

他站起身，又嫌棄地瞄了眼桌上的水潤金黃的蛋糕，「要喝茶嗎？」

不等我點頭，他就轉身走進廚房，彷彿篤定我不會客氣地回絕，我忍不住捏捏鼻頭，雖然很想表明「雖然表面上是拿捏住你的弱點，但那也是我的弱點啊」，但有得了便宜還賣乖的嫌疑，我只好忍住。

看著何碩沖泡紅茶的頎長背影，眼角餘光瞄見電視螢幕鏡面的我的倒映，想起方才那一幕，不只他無奈，我也感到惡寒。

幾分鐘前，我端起蛋糕，嘟起嘴，擺出一臉無辜又寫滿「你拒絕我就哭給你看」的表情，僵持不到三十秒，何碩就宣告投降。

好吧。

半小時前我撥了電話將總是睡到過午的阿修吵醒，就是算準他那顆還沒清醒的腦袋，加上亟欲鑽回被窩的渴望，沒耗費多大力氣就撬開阿修的口。

「何碩對可愛又可憐的小動物完全沒轍啦。」

阿修的吼叫分貝超出我的意料，但我對回答內容卻沒有太大的意外，第一時間居然湧現「還挺合理的啊」的感想，而在阿修掛斷電話之前，他又氣憤難平地拋擲出一句：

「不然妳以為，何碩為什麼會扛一個喝醉就扯著他哭訴的女人回家？」

阿修的話激起我某些記憶片段，例如我扯著何碩的衣領湊到他面前，淚眼汪汪地控訴「連你也要拋下我嗎」，又例如我死命要何碩抱著我拍背，他一遲疑我就又癟起嘴說著「我果然連得到擁抱的資格都沒有」……

算了，還是不要深思比較好。

但如果每個女人都使出這一招，他的桃花不就斬不完了嗎？

「在我泡茶的期間又發生什麼事了嗎？」

「什麼意思？」

「妳現在看著我的表情像我做錯了什麼。」

何碩將香氣四溢的紅茶擺在我的前面，我抿起笑，卻誠懇不起來，褐色液體表面映照出我虛偽感十足的弧度，但察覺後我仍沒打算收斂，並不是抱持著「反正最狼狽的模樣都被看透了」的心態，而是我一開始就宣告了，即便懷著強烈目的性，我仍會以真心對待他。

「只是在想，何經理你看起來就是個有魅力的人，要是所有對你有好感的女性都掌握了你的弱點，想必，你的生活會非常多采多姿。」

「裝可憐的家貓也不會變成流浪貓。」

「意思是，在你心裡我的定位是流浪貓，所以才會給我小小的讓步嗎？」

「稱不上可憐，但看起來確實讓人有點心疼。」

我突然被紅茶嗆到，摀著嘴克制著咳嗽，有些慌亂又不知所措地瞪向他，他卻向毫無所覺一般從容悠哉地品嘗著紅茶。

「看來，何經理不只在事業上有高超的手腕……」

「我不會因為勝過程度差的對手就感到自滿。」

「看來，不是我一早就喝酒，是何經理昨晚攝取的酒精還沒完全被分解吧。」

「喊我何碩吧，在假日聽見人喊著職稱多少會影響心情。」他又揚起標誌一般似笑非笑的淺淺弧度，「讓我的心情愉快，妳的成功率可能會大一些。」

「看來那些資蒐都是假的，不講私情的何碩居然一手公器私用玩轉得如此流暢熟練。」

「想知道什麼是公器私用的極致嗎？」

何碩放下馬克杯，杯底碰撞茶几桌面發出的清脆聲響震動著我的意識，我張大眼看著他起身朝我走來，不久前在他的辦公室內太過親暱的一幕又鮮明地浮現，這次他彎下腰，以食指將我的下巴輕輕托起，隨著他的逼近，我的心跳瘋狂地加速，除了深刻地記憶住他深邃的雙眼，任何抵抗、迴避、逃跑的念頭都沒有竄出的縫隙。

也許，人總是有一些時刻，除了承受以外別無選擇。

不，沒有一個狀況是別無選擇。

我終於找回理智，撥開他的右手，用僅剩的力氣推開他並且起身移動到沙發背面，讓兩人中間擺進物理性的阻隔。

「不用那麼近也能好好說話。」

「但不同的內容適合不同的距離，不是嗎？」

何碩邁開長腿，在我反應過來之前再一次來到我的面前，這次他伸出雙手，將我禁錮在沙發之間，想用以阻礙他的沙發，卻成為他包圍我的柵欄，我無路可退，只能以掌心推阻著他的趨近，然而屬於他的熱燙卻毫無保留地烙印在我的掌心。

他帶有強烈存在感的檀香氣息迎面撲蓋而來，我感覺他的氣味他的熱度他的一切越來越加逼近，他每靠近一公分，我便更深刻感受到原來兩個人之間的迫近竟能如此具有壓迫感，當他的髮梢刷過我的臉頰，我只能本能地別開頭，緊緊閉起眼。

卻聽見他近到不可思議的笑聲。

以及——

「把蛋糕帶回去。」

□

我對何碩又有了新的認知。

譬如他對甜食的恨意足以讓他化作滿滿的惡意回報給將甜食擺在他面前的人，何況還是逼他不得不吞下一口蛋糕的我。

該檢討的是我。

我粗暴地敲打著鍵盤，企劃內容分明是聖誕節甜蜜特刊，我卻當作復仇特輯來做，每個愛心，每個充滿氣氛的詞彙，甚至連底色都讓我感到煩躁。

「讓禮物替你說出心裡的秘密吧……」

「秘密！」我用力地輸入每一個字，視線像是要把螢幕瞪穿一樣，「像那種被人揭發之後只會得到『真可愛』的秘密，根本就是一種手段，一種陷阱，會掉進去的人活該被踩在腳下！」

但我的手忽然頓住，不小心回想起何碩逼近的畫面，心臟就不受控制地加速，我暗自深呼吸，一次又一次說服自己，不要胡思亂想，不要自作多情，不要……不管什麼都不要。

「沛青姐，妳臉色有點差耶，要不要我泡杯蜂蜜水給妳？」

「蜂蜜……不、不要蜂蜜。」

那日被何碩的惡趣味撩撥到心煩意亂的我，抓起蛋糕紙袋頭也不回地衝回家之後，就把長崎蛋糕當作何碩惡狠狠地啃咬咀嚼，下場就是我對他討厭甜食這件事有了共感，特別是跟蜂蜜相關的一切衍生物。

「我自己去泡杯薄荷茶吧，」我給了同事一個感激的笑，「大概昨晚熬夜的後遺症。」

我抱著馬克杯走向茶水間，情緒慢慢沉澱，低聲鼓勵自己絕不能就此退縮，一邊暗笑自己也不是不知情事的小女孩，依照都會女性的邏輯，應該反擦撥回去讓何碩敗退認輸才對啊……

「實在是太失敗了。」

拐了彎，我走進茶水間，俐落地撕開茶包讓清香的薄荷味飄散出來，卻沒料想到，我感情途中真正的失敗也跟著走了進來。

我視若無睹地按下紅色按鍵，滾燙的熱水讓凝滯的空間中瞬間蒸騰著不合時宜的清爽感，謝承安往左踩了一步，擋住狹小的門框，迫使我不得不和他面對面站立。

然而我不想成為打破沉默的那一個，連「讓開」兩個字都不想浪費。

我按捺著怒氣，避免不小心失手將馬克杯裡接近一百度的薄荷茶潑向他，抬起眼，用冷漠的眼神安靜地望著他，有些人，連憤怒都不值得給。

但謝承安開口的第一句話，就狠狠踩在我的理智線上。

「最近……還好嗎？」

我忍不住笑出聲來。

一個將我推向痛苦泥淖裡的人，卻站在岸邊、擺出擔憂的表情，狀似小心翼翼地關心著我，我的冷漠與抗拒甚至會讓他顯得可憐兮兮；荒謬至極的情況卻總是在上演，但唯有落在自己身上，才真正能體會那荒謬其實是無法被丈量也不存在底限的。

「無論我好或者不好，都跟你沒有關係。」

「沛青，我知道——」

「你什麼都不知道。」我冷冷地瞅著他，「關於我的事，你已經連『知道』都沒有立場了。」

「我們不能好好談談嗎？」

「主任走過來了。」

我諷刺地看了眼一聽見我的話就讓道的男人，邁開步伐乾脆地將他甩在身後，無論他有多少留戀或者有多愧疚，對一個女人而言，當愛開始被消磨的那一刻起，曾經能夠忍受的一切都成為一種對忍耐力的考驗。

也許謝承安從來就沒有改變過，只是我從愛走到不愛，當初看不明白的、或者不願意看明白的，在這種難堪的時刻裡被迫看得一清二楚。

□

我深深體會到自己意志不堅。

輕易地因何碩撩撥的動作陷入煩躁，又被謝承安厚顏無恥的態度激起憤怒，一整個下午我都處於低氣壓狀態，強迫自己拿出比平常更快的速度完成工作，一到點就起身走人。

踏出大樓的瞬間，我緊繃的神經和身體才鬆懈下來，連帶地連自信心都摔落地面，我不禁想，或許一開始就該接受謝承安要我調離現職的提議，死撐著一口傲氣，付出的代價卻高出我願意用以交換的。

也許走到了一定的程度，當初非得僵持的理由都不再足以構成理由，說不定人心就是如此易變，再往前走幾步，曾經無比在意的事物還有多少能夠動搖我呢？

用力伸展身體，試圖提振精神，再找顧瀾和小杏瘋鬧一番，鬱積在胸腔內的悶氣大概就能揮散一空……

「啊……」我才稍微振作那麼一點點，就想起今天是我們三個人議定的

「私人約會日」，「這是上天讓我盡情意志消沉的指示嗎？」

每個星期二是我和顧瀾、小杏三個人的私人約會日，起點是小杏某任男友控訴她總是以閨密為重，連最重要的紀念日都能取消，只為了去安慰失戀的閨密；不巧，那個失戀的閨密就是我，於是我走出失戀低潮後，小杏接力一般掉進去，在我們終於挺過那段黯淡悽慘的時光之後，我提出了「私人約會日」這個約定。

除非有重大到足以影響人生的事情，否則星期二不能打擾彼此。

我想，我此刻的消沉還不至於影響人生。

思緒轉了一圈，既然無法從心理層面消弭內心的躁亂，只要從物理性著手，於是我走進便利商店買了一支果汁冰棒，坐在颳著冷風的公車站，佯裝自己也是在等車的其中一個人。

我從高中時期養成這個習慣，煩心或者難過的時刻，就找一個公車站安靜地坐著，上下車的人來來去去，根本不會有人注意我的哀傷，況且，每一個等待的人的表情其實都長得一模一樣，焦灼、厭煩，也許還有一點憤怒，踏進公車站的人們似乎很少是開心的，於是我的哀傷便不再顯眼，甚至無須多做遮掩。

在這裡的每一個人都是一樣的，光這點就令人感到安心。「妳是為了錯過公車才坐在這裡嗎？」

一道熟悉的聲音拉回我飄離的思緒，順著聲音的來源我本能地轉過身，卻對上何碩似笑非笑的表情。

我分不清此刻的自己究竟想不想見到他。

但這樣的疑惑，對於一個已經見到面的人，其實已經不重要了。

「沒有一個人的等待是為了錯過。」我吞嚥下最後一口冰，甜膩的味道瀰漫在我的口中，但水瓶已經空了，我只能忍耐著乾渴的不適。「我只是邊看公車邊打發時間。」

「那就好，我還以為妳又忘記回家的路了。」

「如果又忘了，你還會帶我回家嗎？」

08

我總是張著眼，找尋著黑夜裡的絢爛煙花。

何碩沒有帶我回家，但我卻跟著他搭上了公車。

約莫六站的距離，他領著我走進一間專賣水生寵物的店家，店內擺滿各式水族箱，他駕輕就熟地拐進右側走道，最後站定在某個水族箱前，用眼神示意我靠近一些。

水族箱裡住著非常漂亮的生物。

「這是六角恐龍，是墨西哥的特有種，牠最特別的地方是即使完全成長，也還是保持牠的水棲幼體型態，對很多人來說，這應該是夢寐以求的事吧。」何碩專注地凝望著正悠哉游著泳的六角恐龍，我卻不由自主凝望著他的側臉，「但是，我一直相信人的成長是有意義的，無論是好或者壞，六角恐龍有維持幼體型的理由，我們也有慢慢蛻變成不同樣貌的理由。」

「何碩。」

「嗯？」

「不要在我特別脆弱的時候對我這麼好。」

「我只是剛好想來看六角恐龍。」

「那就好。」我斂下眼，視線落在他黑色的皮鞋上，「因為我不久前才深刻體悟到，原來我是一個意志非常不堅定的人，說不定一不小心就會錯意了。」

「表明立場後就不會讓人會錯意了。」

何碩將目光移往我的雙眼，儘管我和他稱不上熟稔，卻也清楚他乾淨俐落的性格，不會以曖昧玩弄他人的感情，連想像空間都不會給。

我很清楚兩個人之間本來就不存在模糊地帶，他不過是順手撿了一隻可憐的流浪貓，事情一開始就清楚明瞭，是流浪貓因為太過脆弱，差點曲解他的幫助與好意理解。

不知為什麼，縱使內心明白，卻不想親耳聽見他拉劃出來的、不可趨近的界線。

於是我截斷他的話。

「我好像不小心把氣氛弄得很嚴肅了，不過，請你把剛剛那句話理解成一個意志消沉的人的撒嬌吧，因為，人走了一定的路途之後，突然回過頭卻發現，要找到一個不需要條件交換就願意對自己好的人，實在太難了。」

「我不介意妳撒嬌，所以不需要這麼迂迴，還有，我也是需要條件交換的其中一個人。」我微愣，卻無法從他的表情找到開玩笑的破綻，卻聽見他說：「不准再要我吃甜食。」

我忍不住噗哧笑出來。

但定睛一瞧，何碩確實不是在開玩笑，我勉力抿唇止住笑意，懇切地點頭應允。

「我保證不會再逼你吃任何甜食。」

他滿意地點頭後，再度將視線拉回水族箱裡的六角恐龍，我則又不自覺盯住他的側臉；儘管對話以我無法掌握的路徑畫出始料未及的弧，所幸最後仍是安然落定，至少我薄弱的意志沒有破壞這份得來不易的緣分。

「你很喜歡六角恐龍？」

「說不上喜歡，但牠們讓我覺得安心。」

「安心？」

「有些事物，只要能被確認存在，就已經夠了。」他說，緩而輕的嗓音被藍色調的光線暈染出一種奇異的氛圍，「牠們是這間店老闆的寵物，所以每次來都不會撲空，這點也讓人感到安心。」

我忽然想起他曾說過的那隻美國短毛貓。

貓走了以後就沒再回來。

然而我話到了唇畔卻又嚥了回去，任何的提問都有資格限制，我想，離家出走的短毛貓不是我能碰觸的範疇。

「我以前養過金魚。」我看向正緩慢游動的六角恐龍，「我爸帶我跟我哥去夜市的時候，經過賣金魚的攤子，因為實在是太漂亮了，所以我就吵著要買，我選了白色裡帶著橘紅的兩條金魚，哥哥卻選了看起來一點也不怎麼樣的小烏龜；我每天都非常認真地照顧我的金魚，但沒過多久，兩條金魚像約好殉情一樣，一起在某個下雨的日子死去，被哥哥隨便放養的小烏龜，卻活了很長很長一段時間。」

我輕輕地笑了。

「長大之後提起這件事，哥哥總是說，一件事物的長久跟它外表的絢爛程度是有關係的，像煙花，也像我那兩隻漂亮的金魚，世界需要維持一定的平衡，越是能吸引人心的，卻無法長久。」

「如果漂亮的事物能長久的維持，也許就不會讓人念念不忘了。」

我的指尖緩慢貼上水族箱，冰涼的觸感緩慢傳遞而來，小時候我總喜歡這麼做，然後想著，這就是住在裡面的金魚生活的溫度嗎？

儘管記憶並不是那樣牢靠，但六角恐龍生活的溫度似乎和金魚不太一樣。

「也是。」我收回手，指尖卻還殘留著一種異質感，「但人大概就是一種學不會教訓的生物，即使經歷過一次又一次的失望以及失去，我仍然會不由自主地追尋一切過於絢爛的事物。」

何碩沒有接話，卻安靜地望向我。

彷彿，他聽懂了我話語之中暗藏的某些什麼。

□

我又被謝承安叫進他的辦公室。

雖然告誡自己要保持平靜，我卻仍舊忍不住繃緊臉，緊緊抿著唇，等他成為先打破凝滯的那一個人。

他的臉色非常疲憊，但那無法成為我鬆懈的理由。

愛莉自從犯錯後就再也沒有出現，既不離職，也不面對，像是要和誰進行較勁一般僵持在一開始的狀態；我想真正在較勁的並非我們公司和何碩，而是謝承安和愛莉的家族，在諸多的據說中，其中一個便是愛莉的父親對謝承安遲遲無法挽救局面感到非常不滿。

彷彿他們在乎的並非一個與女兒相愛的人，而是一個能替女兒彌補錯誤的人。

「何經理那邊妳不用再去了。」

「為什麼？」

「他們早上特地讓人聯絡我，說今天就要和另一家電商簽約了。」

我應了聲，沒有訝異也沒有追問。

和何碩接觸得越頻繁，就越清楚他的言行一致，他一開始就說得清清楚楚，他是一個擁有許多選項的人，沒有必要特地給犯錯的人再一次機會，重蹈覆轍是所有錯誤裡頭最愚蠢的那一種，而他選擇從根源掐斷重蹈覆轍的可能。

但不知為何，我的心卻空空落落的。

離開謝承安辦公室，回到座位後，我幾乎是第一時間抓起座機的話筒，然而右手才碰到數字鍵，理智卻讓我的動作暫停在半空中；縱使何碩接到電話我又能說些什麼呢？我毫無拋出問號的立場。

說到底，我的角色不過就是一個爭取合約失敗的業務。

「好好的企劃不做，去攬下業務的工作是想做什麼？」

「而且還失敗了。」

儘管是想像的對話，但總感覺顧灡和小杏就是會毫不留情地往我最痛的地方踩。而且還是用高跟鞋的鞋跟。

「沛青姐，合約真的丟了嗎？」

「看來大家都知道了。」

「我朋友的公司也想搶那張合約啊，但連何經理的臉都沒見到，他心裡梗著一口氣，整天就關注何經理要跟誰合作，昨晚他聽到風聲就立刻打電話給我……不過沛青姐人實在太好了吧，明明就跟妳一點關係也沒有，妳卻為了公司那麼努力去道歉，該做的工作也沒有減少，根本就是壓榨，而且聽說何經理簡直就是強烈颱風，誰去都會被刮得無比狼狽……幸好，往後妳就不必再去找強烈颱風找罪受了。」

——往後就不用再去找何碩了。

難道這是我感到失落的理由？

「其實，何經理人挺好的。」

「那是沛青姐妳脾氣好。」同事忽然壓低聲音，「從愛莉出包後，被副主任叫進辦公室的人，只有妳出來之後臉色一點都沒變化……也只剩下妳沒抱怨過副主任。」

我有些不自在地乾笑兩聲，面色如常不過是我拚命克制住表情，不洩漏出我的難堪與憤怒，沒想到卻是欲蓋彌彰，越是佯裝若無其事反而卻突顯我和其他人的不同。

「我只是覺得，有些人，連抱怨都不值得我們給。」

我指的是謝承安，同事卻理解成了愛莉，但無論是他或者她，或許本就沒有太大差別。

回過神來我才意識到自己還抓著話筒，假裝自然地將話筒掛回座機，卻忍不住嘆息，不期然地想起何碩凝視著六角恐龍那張專注的側臉，我成天在他面前打轉的動機已經不復存在，還能有什麼理由走到他面前？

□

「理由是這個世界上最不缺的東西了。」

小杏一邊咬著魷魚絲，一邊踢高潔白的右腳，同時進行攝取熱量以及消耗熱量兩件事，讓人完全搞不懂她的最終目標究竟指向哪個方向。

「好歹妳也為這份合約奔波了一個月，跑到他面前質問『為什麼一聲不吭就和別人合作了』也沒什麼，根據他的回答，再隨機應變囉。」

顧瀾一臉無聊地翻著商業雜誌，我又看了眼改踢高左腳的小杏，我的兩個閨密都對我的煩悶毫不在乎，像是我對盤旋在我腦袋旁的蚊子感到無比困擾，她們卻隨手就拿出一百種消滅蚊子的辦法。

但對我來說，正是因為每種方法都不趁手，才會任憑蚊子持續囂張地飛舞啊。

「他沒有一聲不吭，而且還相反，每一次見面他都表明不考慮跟我們合作，再說，本來就得在聖誕檔期前確定好促銷方案，這個時間點也不讓人意外，最重要的是，我不過就是一個去爭取合約的小員工，人家沒挑中我們，難道還能去追問『為什麼不選我』嗎？」我煩躁地扯著抱枕的角，「簡直就像告白失敗後還不願意接受現實，硬是扯著對方問『我哪裡不夠好』、『為什麼不能喜歡我』一樣，想想就感覺惡寒……」

「妳不過就是想繼續見他嗎？考慮太多只會讓妳陷入混亂罷了，依照直覺走就好。」

「我才沒有——」

「無用的否認就不需要否認了。」顧瀾闔起雜誌，涼涼地瞄了我一眼，也伸手抓了把魷魚絲，「好歹他也是在妳最悽慘的時候拉妳一把的人，要和他維持關係，這點還不夠嗎？」

「嗯，沒有公務需求就切斷聯絡，確實不是我的作風。」

「也不需要自欺欺人到這種地步啦。」小杏染著曖昧的笑聲晃漾在粉色系的房間內，「理由是講給別人聽的，但妳還是得抓牢真正的目的，才不會走錯方向。」

「我真的沒——」

「妳還會想起謝承安嗎？」

遲疑了幾秒鐘，我輕輕點頭。

「會想起何碩嗎？」

側著頭我的雙眼有些飄忽，卻敵不過顧瀾和小杏的灼熱視線，用極小的弧度上下晃了下腦袋。

忽然，小杏從身後緊緊抱住我，柔軟的掌心貼上我的左胸口。

「想像一下現在是謝承安在抱妳。」

我蹙起眉，直覺想撥開橫在胸前的手，但小杏淡淡的香氣卻拉回我的理智，然而她接下來的字句，卻讓我正要收回歸位的手猛然僵住。

「那麼現在，想像我是何碩。」

小杏輕軟的嗓音奇異地挑起那日，何碩將我困在沙發之間，逐漸逼近的畫面，我慌亂地斂下眼，想揮去他似笑非笑的表情，鼻尖卻彷彿縈繞著屬於他的檀香味，直到小杏鬆開手，我才驚覺自己的不尋常反應都已落在她們眼裡。小杏甚至補了一刀。

「鄭沛青，妳心跳好快，該不會已經摟上了吧？」

「才、才沒有。」

但顧瀾和小杏壓根沒有聽進我的話，兩人靠在一起開始肆無忌憚地「分析」起我的行為模式。

「她不是一向溫溫吞吞，走日久生情路線嗎？」

「但何碩看起來就是那種一確定獵物就立刻獵捕的類型，小青怎麼看都抵抗不了吧。」

「難道，進度已經都補完了？」

「應該還沒，不然她不會還在糾結該用什麼理由去見何碩，應該是有點曖昧，何碩也還沒出手，是小青先動搖……能讓小青還沒走出情傷就動搖，何碩滿讓人佩服的呢。」

「妳們還有看到我在這裡嗎？」

「沒看到我們正看著妳進行討論嗎？」顧瀾指了指沙發，我無奈地入座，一對二的處境實在相當艱難，但我沒忘記上一回坐在「這個位置」的人是小杏，稍微有點新戀情的苗頭，就會重新上演一次。「妳得去見何碩，感激也好，好感也好，妳都該向前看，這就是妳的理由。」

09 每個人心底都藏著一個理由。

我拎著東京芭娜娜站在何碩家門口。

還沒按下門鈴我就有預感會再度上演我獨自吞食八個蛋糕的慘劇，但酷愛買名產的小杏卻無視我的說明，逕自將紙袋塞進我的手裡，增加我拜訪的「合理性」。

殊不知，她給我的才是最不合理的理由。

進行幾次長長的深呼吸後，我才終於按下門鈴，旋即聽見明快的鈴聲迴盪在空無一人的廊道，我盯著厚重的門板，整個身體都清晰地感受著分與秒的流逝。

就在我猶豫該不該再按一次門鈴之際，身後卻傳來何碩的聲音。

「不打聲招呼就來是妳的習慣嗎？」

「你剛下班嗎？」

何碩應了聲權當回答，他經過我的身側將鑰匙插進鎖孔，喀地一聲，扭開兩個空間的阻隔，在他的示意下我跟著進屋，瞄了眼腕錶，八點半，沒有酒味也沒有食物味，看來菁英過的日常也特別辛苦。

他銳利的視線掃過我手上的紙袋。

「小杏說要送你的……就是我朋友，比較童顏的那一個，但你放心，我只是做做樣子，我會解決掉的。」

「合約都簽了，現在送禮也沒有用了。」

「沒簽之前不也沒用嗎？」我忍不住碎唸，卻又對上他似笑非笑的表情，「但這樣也好，沒有工作上的利益問題，我也就能更輕鬆地對待你，總之呢，從現在開始，我和你，就站在平等的位置上了。」

「平等？」

這次他的眼裡確實佈滿了笑意。

何碩往前踩了一步，我不由自主地往後退了一步，光這個動作就輸了大半；他不戳破，但臉上的表情卻充滿調侃，收了腳步轉進廚房，留下我在原地懊惱。

「要喝茶嗎？」

「給我水就好了，我不想失眠。」

他替我泡了一杯薰衣草花茶，又給了我一杯水，將他的體貼與好意擺在我的面前，卻不勉強我接受；我端起沒有任何圖樣的淺藍色馬克杯，小心地抿了口熱燙的花茶，淡淡的清香在我的齒間蔓延開來，蕩漾出悠悠的餘韻。

彷彿看穿了我口袋裡揣著的理由每一個都帶著牽強，何碩沒有問我為何前來拜訪，然而他坦然的態度卻膨脹了我體內的疑惑，從他在那場大雨中伸出援手的那一瞬便萌芽的問號。

我曾經問過，當時他提起離開後就沒再回來的美國短毛貓，我卻武斷地認為他迴避問題，或許，何碩從未規避過我的提問。

「前一次我問你為什麼會幫我，我因為你提起走丟的貓就認為你沒說實話，這件事，我還沒好好向你道歉。」

「我沒放在心上。」

「但一直擺在我的心上。」

「我收到妳的歉意了。」

「真讓人無力。」我的反應似乎取悅了他，他漂亮的唇落在三明治上，我好不容易才挪開視線，「我一直在想，你提起的那隻短毛貓，應該……不是貓吧？」

何碩安靜地咀嚼著三明治，我不是很能肯定逐漸在兩人之間擴散的沉默是由於他良好的家教，或者來自這個我不該拋出的疑問。

我幾乎承受不住空氣的重量，握著馬克杯的手用力到壓出泛白的痕跡，我考慮著該用什麼話題挽救此刻的凝重，但直到他終於吃完手中的三明治，又面無表情地喝掉半杯紅茶，我都沒能找到適當的字句。

「離開的是不是一隻貓，很重要嗎？」

我愣了下。

思索之後卻輕輕搖頭，困在凝滯空氣裡頭太久的我竟脫口而出——

「重要的不是誰離開，而是離開的對你有多重要。」

「無論重要與否，該走的都走了。」他狀似漫不經心地帶過話題，卻有某些什麼鈍重地擊往我的胸口，「但我確實只說了一半實話。」

「另一半是什麼？」

「因為答應過妳了。」

「……答應我？」

「妳喝得爛醉的那一天，不管怎麼安撫都還是哭個不停，妳拉著我，一次又一次問著我『有沒有方法可以不那麼難過』，我告訴妳，只要不去想著讓妳感到難過的事情，悲傷就會慢慢淡去，接著妳非常用力地握住我的手，問我能不能幫妳。」

「然後你就答應了？」

「要是不答應，我怕自己的手會被妳捏斷。」

我有些不確定竄上胸口的情緒究竟如何定義，但眼眶卻不由自主地發熱，甚至聲音都帶著一絲鼻音。

「煽動我挽救合約也是因為這樣？」

「妳看起來不像個愛哭的人。」

「你也不像會對人這麼好的人啊。」

我抹去被眨落的淚水，胸口悶悶脹脹地，一想到有一個人牢牢記住一個我根本記不得的約定，並且好好的實行約定，我就遏止不住內心的情緒，湧上的感激甚至讓我的心微微的發疼。

「不要哭了。」

「眼淚自己要掉下來，又不是我想哭。」

何碩無奈地替我抽了兩張衛生紙，我才想起來，我現在的模樣正踩中他最大的死穴，既然如此，也不需要顧慮了。

「這時候要拍背。」

他僵了幾秒鐘，大概是在進行心理抗爭，最後仍走到我身旁坐下，用他那骨節分明的手，溫柔地拍著我的背。

但我的淚卻掉得更兇了。

「我在書上讀到過，想止住淚水最好的辦法，就是更用力地把身體裡的水分全部擠出來，最後就會自然地停下哭泣了。」

「不要說話了，要哭就專心哭。」

「下次你想哭的時候，我也可以幫你拍背。」

「好。」他有些無奈地說著，伸手將整包衛生紙拿給我，「如果我想哭的話，會去找妳拍背。」

□

我無端地在意起路邊的每一隻貓。

不久前還對貓一點概念也沒有的我，現在居然能清楚地分辨出波斯貓、暹羅貓和伯曼貓，甚至能說出簡直像異次元生物名稱的斯芬克斯貓和波米拉貓，不需要別人提醒，我比誰都還能明白自己的不尋常。

「妳想養貓嗎？何碩養過貓，妳可以問問他的意見。」

「你見過他養的貓？」

「有必要這麼訝異嗎？」阿修把水杯擺在我的面前，「又不是多厲害的貓，看起來也滿普通的，不過是養滿久的……」

「然後呢？」

「然後——」阿修突然打住，警戒地看著我，「沒什麼然後。」

「你不說，我就直接去問何碩，開場白就用『阿修說你曾經養過貓，要我來問你詳情』。」

「果然是物以類聚，本以為妳是妳們那夥人裡唯一一個正直的人。」

「不管多麼正直，總是會掰彎的。」阿修翻了個大大的白眼，抓了塊蝴蝶脆餅就往我嘴裡塞，讓我的說話聲變得含糊。「我不會說出去的。」

「也沒什麼不能說的，只是事情都過那麼久了……」

阿修無奈地瞄了我一眼，他的表情和快節奏的背景音樂十分不協調，客人不多，他環視店內一周後就走出吧檯在我身旁的位置坐下。

但阿修卻說了一個在我意料之外的故事。

正確來說貓是何碩的前女友養的。

何碩和前女友交往了好幾年，她的性格熱情又有些不羈，和沉穩內斂的何碩形成完美的互補，圈子裡的每個人都相信他們會走到最後，包括何碩本人；然而她卻突然不告而別，連一個字、一個理由都沒有留下，多年的感情連一絲痕跡都不復存在。

她連貓都帶走了。

雖然是她說要養的貓，但真正照顧貓的人卻是何碩，阿修說，她八成連貓去哪間診所打預防針都不知道；她的離去，不僅僅帶走兩人多年的愛情，也撕裂了何碩對貓的付出。

有好幾個月的時間，何碩沒有放棄拚命尋找著前女友的下落，他堅信每一個人的離開都有理由，他可以放手，卻也該替兩人的感情畫下句點；卻沒料想到，何碩好不容易找到的答案，卻是兩份背叛，前女友離開的理由竟是因為何碩大學時期最好的朋友。

何碩很快就振作起來，表面上看起來一點異樣也沒有，但阿修猜想，何碩只是比以前更擅長藏起真正的感情，說不定也是對曾經愛過的人的一種保護，因為某一次何碩趁著酒意，終於告訴阿修，假使他顯得悲慘，他身邊的每一個人就會更無法原諒她，但這些人也都和她是來往非常久的朋友，他不希望因為兩人的愛情不能得到結果，就讓她失去那些友情。

阿修不知道何碩究竟有沒有走出那場愛情，但至少，從那之後他再也沒見何碩談過戀愛，也沒再興起豢養動物的念頭。

「就是因為這樣，我才會放心地讓何碩把妳帶回家，某種程度來看，他比我更安全。」阿修唇畔的弧度像是苦笑，「不過對妳來說或許就不是好事了，說不定我當初的決定是錯的。」

想讓何碩的生活多點意料之外的發展，卻沒料到竟將我拉進名為何碩的漩渦。

阿修沒有講明，我卻聽懂他的弦外之音，我既沒有應聲也沒有反駁，儘管我並非宿命論者，偶爾卻也相信該相遇的兩個人便註定會相遇，而何碩確實將我拉出了泥淖，這一點誰也無法抹去。

況且，我和何碩相遇的那一場雨，與誰都無關。

「這世間的每一件事都有理由，因果，緣法，大抵是這類的說法，沒有對錯，而在於選擇。」我揚起淺笑，輕輕搖晃著水杯裡的冰塊，「所有的一切都能被選擇，雖然我偶爾意志薄弱了點，但我一旦做了決定就不會後悔。」

「身為男人，我只能給妳一個忠告，千萬不要有能改變一個男人的想法。」

「不要性別歧視，因為對女人來說也是。」我拍了拍阿修的肩膀，「人是最難被改變的存在，更何況，一個想改變他人的人絕對不可能成為那個人的追求，人要的其實意外的簡單，單純是想被接受罷了。」

□

我獨自走進氤氳著藍色調光線的店裡，站在六角恐龍的水族箱前。

何碩說牠們沒有被取名，六角恐龍就是六角恐龍，但我還是暗自稱呼牠們小黃和小粉紅，小黃停在沙堆上休息，小粉紅則慢悠悠地繞著水族箱游來游去，我依舊伸出食指，試著感受牠們世界的溫度。

「吶，你們說，我對他的不尋常心情究竟會不會是一種依賴？」

像新生小鴨的銘印作用，在我陷入闇黑低潮、幾乎要溺斃在滂沱大雨裡之際，何碩成為那道幽微的光芒，他的存在像條結實的繩索，讓我能有足夠的支撐，一步步走回正軌。

儘管我確實是做出決定就不會後悔的人，但沒說出的是，我同樣是個不容易做出決定的人。

在顧瀾和小杏眼裡，我的感情總是慢熟又溫吞，但那並非情愫萌發得慢，而是我一旦踏入便會陷得極深，於是不得不比一般人更加謹慎小心；然而我的謹慎卻無法成為不受傷害的保證，我花上一年才接受的謝承安就是最大的坑。

人心的質變無法被預期，但這句話卻不能成為安慰，更像一種無能為力的託辭，無論我們如何拚命如何努力都毫無用處；於是我寧可相信世間所有的一切都有預兆，都存在一個能被挽救或者改變軌道的時間點，我之所以和另一個人踏上再不能回頭的路途，不過是我們彼此都察覺得太遲。

那麼，何碩也是嗎？

他對我的好會不會只是一種移情？

「我的每個問題似乎都得不到答案呢，欸，不要無視我，小黃你剛剛明明就跟我對到眼了，看吧，你又偷看我一眼了……世界各地都有章魚能夠預測未來，同樣是活在水裡的夥伴，你們說不定也有預測能力，小黃你有看見左邊角落跟右邊角落都有一顆石頭吧，左邊是靠近，右邊是後退，幫我一次吧……」

但小黃完全沒有移動的意思。

倒是小粉紅，從左邊游到右邊，又從右邊游到左邊，彷彿具體呈現了我的搖擺，我真的放下謝承安了嗎？我對何碩的動搖不是依賴嗎？我還有勇氣再度走往另一段感情嗎？我在一個月的時間裡看見的真的夠嗎？

以及，他究竟是怎麼看待我的呢？

「小黃，不然這樣好了，不用走那麼遠，往左或往右走一步就好……欸！小黃！」「妳的臉貼這麼近會嚇到牠們。」

我直覺地轉頭望向聲源，彷彿融在藍色光芒之中，何碩似笑非笑的臉龐猛然扯動我胸口繃緊的弦，讓我一時間不知該如何反應。

「老闆打電話告訴我妳在這裡。」

老闆為什麼要聯絡你？

你為什麼要來？

我的臉上清楚寫著一連串的問號，但何碩只瞄了我一眼，視線便轉往水族箱，我以為他不打算說明，卻聽見他低而緩的嗓音——

「怕妳一個人躲在這裡哭。」

「就算是，又怎麼樣呢？」

「總是要有人來替妳拍背，不是嗎？」

10 愛情是一場相愛，而不是相互取暖。

海的聲音打在我的髮梢。

我和何碩倚著欄杆，望著那片在夜色下根本什麼也無法看清的海，任憑屬於海的鹹膩滲進體內。

他說他想看海，於是我們在水族館前叫了計程車，不顧跳表的數字瘋狂地飆升，一路來到最近的海灘，光線不足讓我踉蹌了幾次，他伸手牽住我成為我的支撐，而他的溫度和力量在黑夜裡格外不容忽視。

「遠方的亮點是漁船，我小時候卻以為那就是星星，從海的那一邊，延伸到天空，一整片的亮點都是星星。然後有一天，我知道了大海和天空並沒有相互連結，我有一點不敢置信，又有點失望，但這些都比不上當我發現記憶裡的那些星星其實是漁船的燈火時來得失落。」輕輕的震動彷彿透過他的笑傳遞而來，「以為遙不可及的浪漫想像，居然是那麼現實，還散發著魚腥味的存在，從那之後我有很長一段時間不再靠近海邊，但後來我又發現，這個決定其實是很愚蠢的，因為一個幻想的破滅，卻放棄了整片海洋的美好與遼闊。」

「任何事都有意義，也許正是因為你有一段漫長的歲月不再看海，重新轉過頭以後，反而能得到一般人無法體會的感想。」

「那麼，感情也是嗎？」

海風非常強，呼呼呼的喧囂在我耳邊拍打著，然而我卻異常清晰地聽見他的提問，我慌亂地想抽回被他握住的手，他卻早我一步，牢牢地抓住。

我不敢想他方才那席話是不是一則隱喻。

何碩沒有給我迴避的空間，如同他一貫的作風，我不禁想，也許帶我踏進看不見彼此輪廓的海灘便是他替我預留的餘地。

「那天妳沒讓我把話說完。」他說，一個字一個字非常清楚地被唸出，「我不想讓妳會錯意，我不想在妳脆弱痛苦的時候趁虛而入，但是我確實不是以朋友的眼光來看待妳。」

我感覺自己的指尖正微微發顫，我不知道這份顫抖是否會透過交疊的雙手滲進他的掌心，但我的搖擺卻沒有因為他的坦白而落定，反而更加劇烈的晃動，並且在我的體內瘋狂撞擊。

「何碩，我說過我的意志非常薄弱，這時候給出的任何答案，都不會是最恰當的。」

「沒關係，只要妳記住，我剛好是個意志力特別堅強的人。」

□

每當想起何碩，我的心臟就鼓譟得簡直不屬於自己。

他的聲音像一道咒語，在我身上纏繞一圈又一圈，他的意志堅強敲擊著我的意志不堅，強弱差距大概比以卵擊石更懸殊；但他似乎認為施加的咒語還不夠強大，非得以其他方式再加固，讓我連旋身的餘裕都沒有。

「何經理的作風可真是強悍。」

「來接妳下班就能被稱為強悍，看來我們對各種事物的定義有待取得共識。」

「一下班就看見有人在大樓外等待，確實很能滿足虛榮，但……」

「我不是為了打動妳，單純是我想見妳。」

我的心臟瞬間遭受猛然一擊，不禁讓我懷疑，這場感情的拉鋸戰我打一開始就沒有一點勝算。

「何經理，你承諾過不趁虛而入。」

「我沒想攻佔下什麼，只是實話實說，但我不能否認真心可能會帶來的力道。」他露出一抹極度犯規的笑容，「不過現在已經下班，妳該改口了，除非妳有這方面的偏好，我願意配合。」

「請不要用你那禁慾的表情說這種話。」

「禁慾？看來妳對我的想像可不少。」

我忍不住咳了起來，怎麼沒喝水也能被他的話嗆到？

深呼吸，緩慢地深呼吸，然而何碩的存在就足以擾亂我的規律，我的心跳好不容易穩定，只消他一個富有深意的眼神就全盤皆亂。

「要繼續站在這裡嗎？」他看了眼時間，「我估算了吃晚餐和送妳回家的時間，不移動的話，可能就得犧牲某一項了。」

我忘了他那菁英的忙碌日常了。

特地擠壓出時間來陪我吃飯，分明是最該拿來作為武器的事，他卻毫不在意，如同他默默守住我不記得的承諾，在誰也不知道的狀況下，仔細而確實地履行；我能知道一項、兩項，又怎麼能肯定那些他從未提及的？

凝望著他美好的輪廓，其實我比誰都清楚，自己根本不需要小黃預測方向，我的心早已不知不覺地偏移。

「我不需要這種虛榮感，比起接我下班、陪我吃飯，我更喜歡一個會送消夜來的男人。」

「妳是第一個這麼對我說的女人。」

「很好，憑這句話就能肯定你確實不是情場高手。」

「連提起親妹妹都不行？」

「在你提起之前首先要讓我知道你有妹妹，否則在女人耳裡，只要男人提起另一個女人，都是刺耳的雜訊。」

「但阿修說妳問起過我的前女友。」

我又被嗆到一次。

果然阿修是全世界嘴巴最不牢固的小酒館店主，我絕對要到他的網頁留下滿滿的負評。

「我問的是那隻貓。」

「那妳想知道另一個女人的事嗎？」

帥氣的女性應該要瀟灑地回答「不想」。

「想。」

然後他笑了。

像對待一隻貓一樣摸了摸我的頭。

□

何碩的版本和阿修非常不同。

故事的骨幹大抵是一樣的，前女友不告而別、拚命搜尋得到的答案卻是她選擇了何碩的哥兒們，再來是她帶走了那隻叫做露娜的美國短毛貓；但何碩填充的氣氛和細節截然不同，既沒有怨懟，也沒有哀傷，彷彿只是闡述一則他曾聽說過的故事。

也許他還沒能跨越那道坎，才會以如此雲淡風輕的態度談論著不告而別的那個她，一想到這點，我的胸口就隱約浮動著細微的疼痛。

我無法不在意，但遺忘或者捨棄並非我能左右的事，我也不願左右他，如同我生命中的那個謝承安，是一個不能抹去的事實，也是讓我成為如今的我的其中一個理由，屏棄他便是屏棄了部分的我，何碩的前女友亦然，我不願否認任何一部分的他。

我希望自己能被如此地接受，那首先、我必須先接受將走進我的生命的那個他。

但我還是問了他一個問題。

「如果有機會的話，你還想見到她嗎？」

「也許想，又也許不想。」何碩停頓了許久，非常認真地思索著，最後他說：「得到答案和確認答案畢竟還是不一樣的。」

我明白。

那也是當初我無法接受謝承安將已讀不回當作「回應」的原因。

縱使早已清楚地看見結果，但將真心交付給對方後卻連一個完整的告別都沒能得到，彷彿否認了那些感情與歲月；某些人總是給了開始卻不給結束，自私地認定無論愛或者恨都會隨著分秒流逝而逐漸稀薄消散，從未考慮過，有另一些人會因而被困在沒能畫下句點的故事裡頭，苦苦等著接續。

不管如何艱難，結束都是必要的。

我咬著飲料吸管，速食店的濃郁氣味讓整個空間有極為強烈而獨立的存在感，這種氣味帶有相當霸道的標誌感，無論喜歡或者討厭，總是無法不記住，我不禁瞄了何碩一眼，說不定他也是這樣的一種存在。

半小時前我提議到公司附近的速食店解決晚餐，對我來說浪漫的營造不僅僅是外顯的模樣，他的到來已經是一種值得被記憶的浪漫；當然，不管內心受到多少動搖，都必須做好情緒管理，戀愛就是場攻防戰，我不介意暴露弱點，卻也不想讓對方輕易得勝。

「送到這裡就好。」離開速食店後，何碩陪我走了三個街口，但在停等紅路燈時我指著通往他公司的方向，「這邊轉過去對你比較順路。」

「進入一段感情，不就是意味著願意為了對方而繞路嗎？」

「但只有其中一個人繞路是不行的，即使你的體力特別好，過度的耗損也是會被消磨殆盡的。」

「妳知道妳有這種權利。」何碩曖昧地笑了，「我是指，消耗我的體力。」

我瞪他了一眼，極力忽視突然竄上的燥熱，我輕輕咳了聲，管理好表情之後才接續對話。

「雖然我的這種作法，時常會被交往的對象當作很好對待的女人，但我不想改變，本來，愛情就不是一種相互磨損或者角力。」號誌從紅燈轉為綠色，身旁的行人紛紛抬起雙腳往另一邊移動，「不過，我跟你還稱不上戀愛關係。不要趁虛而入。」

「妳在害怕什麼？」

我深深地望了他一眼，在轉身之前我對他說——

「我害怕那些你也害怕的。」

□

愛沒有形狀，也沒有重量，更沒有氣味，所以我不知道該以什麼方法來衡量對方朝我伸出的掌心上擺著的究竟是不是一份愛情。

曖昧與愛情之間隔著一條劃出兩個世界的白線。

我對何碩的動搖超出了預期，也許在其他人的眼中我的態度根本是拿喬或者推拉，然而踏入一段感情前，我總是必須花上長長的時間來確認愛的存在，不單單是悸動，也非一時的衝動，對方的懷裡確實揣著一份預備給我的愛，同時我的手中也盈握著貼有對方名諱的感情。

顧瀾和小杏認為我過於謹慎溫吞，也有人調侃我想延長曖昧的氛圍，但何碩卻能理解無法果斷踏進關係的我，對於這點我感到非常感激。

「害怕的話，有我陪妳。」

當我踩上斑馬線那一瞬間，何碩將富有磁性的聲音拋向我，我猛然回頭，對上的是他溫柔到讓人眼眶發熱的淺笑。

直到我被人群帶往街道的另一端，他仍舊站在原地。

那一幕，深深烙印進我的心底。

「說好不趁虛而入的……」

我將整張臉埋進兔子布偶懷裡，腦子裡竟浮現我被何碩摟往胸膛的畫面，心臟簡直像要爆炸，又不是沒談過戀愛的小女生，但我對何碩的反應一次比一次劇烈而不可控制，難道這就是小杏信奉的戀愛的本能？

何碩果然是黑洞。

我的理性和感性在兔子布偶的懷裡左右拉鋸，手機的清亮響音將我拉回現實，我驚醒一般將兔子布偶扔開，但它紅紅亮亮的大眼睛卻彷彿看穿我內心一樣直直瞅著我。

嘿、妳應該更直率果敢一點。

沒有一份感情的軌跡能被預測，九十九分的把握跟六十九分的把握，重點都不是把握的多寡，而是在移動過程中踩到地雷進而引爆的可能程度。

即使方圓百里只埋有一顆地雷，也不意味這畝地比其他地方更加安全。光對著兔子布偶的臉，便湧出大把大把對我的告誡，沒有辦法我只好拿外套蒙住它的臉，甩頭想把腦中對話框一樣的東西弄散，拿起手機想藉訊息內容轉移注意力，卻沒料到顧瀾傳來的照片卻更猛烈地將我推向黑洞。

是何碩站在街口目送我離去的照片。

顧瀾還配了一行字：在背後顯露的感情才是真感情。我有些慌亂地將手機螢幕翻面蓋住，但手才離開手機就又往前伸，小心翼翼地又翻開螢幕，兩隻眼睛眨也不眨地直盯著人群中分外突出的那道身影。

小杏說過，當一個人的眼從一大群人當中精準地看見某一個人，那往往是愛情的開端。在愛情的世界裡，只有兩類人，一類是「他」，另一類則是「其他」；跟他無關的一切都只能成為背景，人的視野其實非常有限，有限到只要有他在，就只能容得下他。

然後門鈴響起。

我想起跟何碩說過自己偏愛人陪吃消夜，瞄了眼電視上方的鬧鐘，九點零三分，這時間會上門的除了無處可去的閨密，就只有戀愛對象了。

我拔腿衝到洗手間快速整理儀容，還塗上粉色唇蜜，不行，太刻意了，抬起手用指腹抹去一些顏色，營造一種殘妝的自然感，效果是達成了，但當指腹滑過柔軟的唇畔，我卻忍不住浮想聯翩。

夜深人靜，孤男寡女……

「鄭沛青妳清醒點！」

用力拍了兩下臉頰，疼痛稍微讓我在現實落地，也替兩頰補上了淡淡的紅暈。挺好的。

門外的人又按了一次門鈴。

快步移至玄關，揚起適當的弧度卻藏不住愉悅，我組織著要以什麼樣的話語作為開場白，是該表現出「我知道你會來」，或者驚喜地展現「你怎麼會來」，又或將他的出現當作一種自然狀態……

我設想了許許多多的狀況，卻沒想到，拉開門之後，映入眼簾的會是我最不想見的人。

二、愛情的開始是彼此交換鑰匙，以及交換彼此的現在。

「我買了妳最喜歡的水煎包。」

謝承安的口吻揉進憔悴以及討好，像「讓人心軟」的產品組合包，除此之外還附帶贈品——他嫌油膩而從不沾手的水煎包。

我沒有接過他手中的塑膠袋，直到現在我才深切體會到他當初那份不想沾手的心情，他怕沾手就洗不掉油污和味道，我也怕沾手了就甩不開他的藕斷絲連。

「有什麼事嗎？」

「能陪我說說話嗎？我……我身邊實在沒有能說心裡話的人……」

「我的同情心從來不給前男友。」

「就不能繼續當朋友嗎？」

「謝承安，難道你忘記你和我不是好聚好散的關係嗎？」

「沒忘，我怎麼會忘？」他痛苦地蹙起眉，扯亂了他的領帶，過去我總是看不慣被他扯得發皺的衣領，還特地學了熨斗的用法，但愛情一旦被揉皺，無論多麼努力想攤平都消除不了摺痕，「我是做錯了選擇，可我也得到了懲罰，這段日子以來我有多痛苦難道妳看不出來嗎？」

我感覺眼前這張臉非常陌生。

一直以來，我和他的關係始終存在著微妙的傾斜，他是前輩，也是上司，而我也不是非得要在感情中取得主導位置的人，於是大部分的選擇都以他的選擇為基礎，例如他不喜歡屋子裡沾上油污，我就不在他面前吃任何油膩的食物，而他討厭我喝酒，我連到小酒館都只點氣泡水；後來他選擇了另一個人，我也沒有討要任何代價，更沒有任何會將他推往難堪境地的舉動，但現在他卻用一副理直氣壯的痛苦表情，大喊著他已經得到懲罰，彷彿如此便能抵銷那些他造成的傷痕，而我不只得諒解，還必須憐憫他。

但感情並非一種「先佔據受害者位置的人就贏了」的遊戲。

「你的痛苦，跟我有關嗎？」

「沛青，我不是這個意思……」

我淡漠而缺乏起伏的語調似乎刺中了他最痛的那一畝地，他著急地往前走了一小步，伸手拉住想退回屋內的我，我越讓他鬆手，加諸在手臂的力道彷彿就更重了一些，最後我放棄喊叫也不再掙扎，而是冷冷地瞪視著眼前的他。

直到這一刻我才終於明白，或許他始終認定我不會離開他，所以他「忍耐」著我的冷漠與偶爾壓抑不住的憤怒，對他而言這就是一種彌補，就是一種讓步，可能他所勾勒的世界裡，一個女人的愛應該要足以容忍所愛的男人牽起另一個女人的手。

多麼荒謬。

但被扯痛的手臂卻提醒我荒謬並非想像，而是現實。

「我和你已經結束了，感情不是誰死命拉著就能繼續下去，謝承安，至少讓這段感情離好聚好散近一點，可以嗎？」

「但我不想結束。」

「在你選擇背叛的那一刻，一切就都結束了。」

我無奈地嘆息，又試著掙開他的手卻仍舊失敗，大概明天醒來會有一大塊的瘀青吧，不知為何，在這種如此緊繃的時刻我居然想到這件事。

水煎包涼掉之後就不好吃了。

要不是不合時宜，差一點我就這麼說出口了。

大概，每段逝去的感情都有那麼一些讓人感到可惜的部分，例如不管多麼可口卻不會被吃下肚的水煎包，又例如一個自己曾經尊敬過也深愛過的人，換上一張猙獰的表情，讓屬於他的記憶添了一抹闇影。

「沛青……」

謝承安忽然將我扯進懷中，猝不及防的我踉蹌地跌往他的胸前，我抵抗著他的擁抱，用盡全身的力氣想逃離他的箝制，卻一再敗在他漸次加大的力量。

我開始感到害怕。

「謝承安你放開我！」

「我可以答應妳，立刻和愛莉做個了斷，是我一時昏了頭，我發誓再也不會有下次了，沛青，妳相信我……」

「有什麼話你放開我再說——」

「好，那我們進屋說。」

謝承安說完，便開始將我扯往屋內，我體內的恐懼越來越加膨脹，放棄推開他而是死命抓著門框，就怕他真的成功關上門；我不能預料潛藏在一個人心底的魔鬼有多可怕，唯一能肯定的，這個正拖著我進屋的男人不是我認識的那個人。

「放開我——」

突然砰地一聲。

拖曳著我移動的強大力道瞬間消散，我被反作用力拋往另一側，而那恰好也是一個熱燙的擁抱。

氤氳著令人安心的淡淡檀香味。

「妳還好嗎？」

「嗯……」

我一時還無法站穩，能清晰感受到他橫放在我腰際的手有力的支撐著我，對上他關切的目光，我勉力地扯開笑容，卻想著，他總是看見我最狼狽的模樣。

又總是拯救了我。

「何碩？」被擊倒在地的謝承安摀著臉不敢置信地質問，「妳堅持要分手就是因為他？」

「跟任何人都沒有關係，我想分手是因為我沒有辦法和你繼續走下去，是因為你的背叛，是因為你，也是因為我，我和你都有責任，不要把問題推到另一個人身上，就像我不會責怪愛莉，因為該被責怪的是腳踏兩條船的你，還有察覺異樣卻不以為意的我。」

我看著和我一樣狼狽的謝承安，視線不知為何定格在散落一地的水煎包上，愛情涼了，散了，也就該扔了。

「謝承安，我不愛你了，也不會再愛你了。」

□

手臂果然留下了深深的瘀痕。

雖然我不怎麼在意，畢竟沒有傷口也不在顯眼位置，擺著自然就會消退，但何碩仍小心地替我冰敷，縱使只是合情合理的動作，卻無端溢出曖昧的氣味。

不經意流露的曖昧越曖昧。

我設法揮散浮現在眼前的各種旖旎想像，何碩卻總是精準地踩上我繃得最緊的那一條神經，縱使動作放得再輕再緩，卻總像踩中埋在我體內的地雷，炸出一個又一個窟窿，讓我顯得狼狽，也讓他太過輕易跨越我用以阻隔他人的牆。

「前男友留下的痕跡，還是快一點去除比較好。」

「你在意嗎？」

「只有兩種狀況會回答不在意，一種是假裝不在意，另一種是假裝喜歡妳。」

我的手才剛接過冰袋，何碩忽然抬起深邃的眼眸望向我，心臟輕輕顫動，我想迴避他的注視，卻更想牢牢記憶住他的目光。

那麼，你心裡的痕跡呢？

「阿修說你再也沒養過寵物。」

「任何事都需要契機，我沒有想迴避或特別刻印下哪些部分，但在其他人眼裡卻因為有了前提，而對我的舉止產生一種聯想。」他非常仔細地說著，「因為有了喜歡才會進入一段感情，我不會否認，也不可能否認曾經愛過另一個人的事實，我或許也因為她，而比過往更堅信任何事都必須給出乾淨的開頭與結尾，但被套用上『曾經』這兩個字的感情，就已經是過去式了。」他說，「而我站的位置卻是『現在』。」

何碩和我都是站在「現在」的人。

這是他想對我說的話。

「我有說過我喜歡妳嗎？」

我想回話，卻發不出聲音，只能左右搖晃腦袋，不自覺捏緊手中的冰袋，我的掌心似乎感受到了冰塊的消融，說不定是我體內飆高的溫度加速了它的融化。

何碩的指腹緩且慢地在我頰邊婆娑，行經之處都燃起灼熱的火光，我突然想，或許人尋尋覓覓的煙花並不是在幽冥的夜空當中，而是在另一個人的骨節分明的手裡，在最適當的時機，又或者是在任何的時機，便在我的肌膚點亮一縷又一縷的各色煙花。

燃放的並非世界的火光，而是我們自身。

我們便是那抹燦爛，卻得等著那一個人點起那道火焰。

「假使我說我喜歡妳，妳能替我在妳的愛情裡留一張椅子嗎？」

「我得聽見之後才能知道是不是還有空位。」

「聽起來像是不平等的條約。」

「所以不簽嗎？」

「不。」他的唇邊泛開足以讓人深深墜落的淺笑，「無論多不平等，都值得。」

何碩的口吻不帶一絲輕佻，低啞的嗓音卻讓我的靈魂都不由自主地顫抖，我深深感受到自己絲毫抵禦不了他的進逼，儘管他的移動極輕極緩，然而我的陷落卻快得幾乎失速。

或許愛情便是一種墜落。

墜往他的掌心。

「雖然不是會讓妳感到浪漫的地點，但我還是想早一點讓妳聽見，我喜歡妳。」

我聽見冰袋摔落地面的聲響。

手臂傳來一陣刺麻，悄悄地蔓延開來。

「你想要的，只是一張椅子嗎？」

「妳能給我更多嗎？」

何碩的手指輕巧地撥開我垂落的瀏海，極其真摯地注視著我。

在他將要收回手的瞬間，我抬起手握住了他。

「我不只能給你一張椅子，整座城都能分你一半，但我是個講究公平的人，我的城裡，一次只會放行一個人，所以——」

何碩以吻截斷我的話語。

這一瞬間，唯二我能感受到的只有我那瘋狂跳動到幾乎爆炸的心臟，以及近得不可思議的他。

「但我不是個講究公平的人。」他的唇溫柔地滑過我的鼻尖，撫過眉心與我的眼，最後停在我的耳畔，「妳想要的，我都會給妳，可妳沒要的，我也只會留給妳。」

□

何碩的吻像滲進靈魂一樣。

他走了許久，我都彷彿還能感受到他熱燙唇畔遊走的觸感與熱度。

直到天又亮起，鬧鐘的清亮響音才將我拉回現實，我也才發現自己竟一夜無眠。

慢悠悠地收拾儀容，卻忍不住直盯著鏡子裡的那張臉，有些發愣，又有些竊喜，那是一張染上戀愛顏色的臉，就連徹夜沒睡的憔悴也遮掩不了；我不禁撫上眉心，又想起何碩的吻，他沒有更進一步，卻停在最煽動人心的位置。

遲遲無法降溫的思緒卻在街口再度沸騰，因為何碩就站在街的另一端。

身體動作凌駕於我的思考，思緒才剛開始運轉，我就察覺自己已加快步伐往他在的地方奔去。

簡直像個剛陷入戀愛的小女生。

「這麼想見到我嗎？」

「你上班不會經過這條路。」

「因為想見妳。」

「看吧，你比較想見到我，我想見到你的程度恰好比你少一點。」

「都好。」他臉上再不是那抹似笑非笑，而是更加確實、更加溫柔也更加寵溺的輕淺笑容，「只要能見到就好。」

「你的人設跟我的印象落差真大，不過……」

「不過？」

——像那場雨中帶我回家的男人。

我輕輕搖頭。

「這樣很好。」我接著問，「你從什麼時候開始萌生『想見到我』的心情？」

「妳扯住我的領帶把我拉到面前之後。」

「太明確了，我不相信。」

「從第一眼見到妳之後就很想再見到妳？」

「嗯、雖然這也很明確，不過我接受這個答案。」我忍不住笑出聲來，「這樣會太得寸進尺嗎？」

何碩沒有回答我。

卻傾身向前，出其不意地在我額際烙印下一抹輕吻，我的指尖不由自主地發顫，目光卻搜尋著他的雙眼，想確認何碩的舉動究竟是撩撥又或者真心。

「會得寸進尺的，才叫做愛情。」

「我的愛情，還是你的愛情？」

「如果妳點頭，就會成為我們的愛情了。」

「那麼，你的得寸進尺會是什麼？」

「我沒有辦法回答妳，這取決於我們會一起踩進多深的池水裡頭，又或者取決於我們會一起走到多遠的遠方，但總是會比現在多上不止一點。」他像逗貓一樣輕緩地碰了碰我的臉頰，「不想遲到的話，妳該往公司移動了。」

「我生日快到了，我想要時間暫停器當作生日禮物。」

「妳的時間通通暫停在這裡了。」何碩指了指他的左胸口，「想要的話，妳生日的時候就送給妳。」

「你太擅長說這些話，也讓人不開心。」

「妳臉上的表情出賣妳了。」他的笑聲震動著我的胸口，「我先走吧，否則妳絕對會遲到。」

無法否認的我只好點頭。

沒辦法暫停時間的人只好設法延長這段想留住的時光，然而越想留住時間，分與秒便流逝得更加快速，彷彿一個眨眼，便從起點踏進了終點。

我張望著他逐漸遠去的背影，想起被顧灡拍下、被我存放在各個裝置裡的那張照片，何碩就站在相同的街口。

「何碩。」

他停下腳步，轉身望向我。

逆著光，何碩的存在顯得太過燦爛而炫目。

「我還沒告訴你，我也喜歡你。」

我一口氣將特休、例休和所有能休的假都湊在一起請了，雖然是不可理喻的舉動，但我替愛莉善後這件事讓我得到更多的寬容，特別是謝承安，他沒有絲毫勸阻，乾脆地幫我將假單轉給人事部。

大概我的反射弧長到令人費解，直到謝承安犯渾的隔天，在辦公室與他狹路相逢的瞬間，我才意識到和劈腿的前任和樂地在同間辦公室裡工作根本是妄想，認定自己能做到的我簡直是有病。

為了維持平衡，謝承安解釋他沾了酒才做了些蠢事，儘管當時我根本沒聞到一點酒味，但明顯到無法繞道的台階就擺在眼前，我也只能應聲讓那個糟糕透頂的夜晚就此揭過，接著我火速排了休假；當然並不是休了兩週的假回來一切就能煥然一新，但人需要抽離，也需要沉澱，無論是我或者是謝承安都需要給彼此多一點時間。

假使仍舊無解，也只能無奈請調了。

每段愛情結束之後都得付出代價，辦公室戀情尤其如此。

然而我的長假還沒開始，就先得知謝承安調職的消息，並不是他心心念念的升遷，頭銜掛的仍然是副主任，卻是一個眾人心照不宣、不大討喜的部門；同事的話題很快便轉往他與愛莉的戀情存續，有人信誓旦旦宣告兩人的感情因逆境而更加穩固，也有人對他們的分手言之鑿鑿，談論到最後，幾乎像一場陳述彼此感情觀的辯論比賽。

「沛青呢？妳覺得副主任跟愛莉是交往還是分手？」

「要不，直接打電話問他？」

我的提議讓辯論終於得以落幕，年紀最輕的同事扮了個可愛的鬼臉，方才她是炙烈的相愛派，想想也是，畢竟她才談了一段新感情，每天都熱熱鬧鬧的，像要把整個世界都捎帶給對方一樣。

她偷偷問了我的意見，我卻回了個曖昧不清的笑容。

說真的，我也說不清自己究竟希望謝承安和愛莉是分是合，他們愛得熱切，總讓人有點不甘，但他們愛得悲涼，又覺得不必如此，畢竟感情不是對方慘一點我就會幸福一點，況且，要是自己的幸福是拿對方的悲慘用以交換，我想我也無法真正地感到幸福。

我花了一整個下午進行思索，但在轉開烏龍茶瓶蓋中途，才終於意識到，不管他們走往哪個方向，目的地都再也不會與我重合，那也就再與我無關了。

「副主任的愛情堅不堅定，對妳會有影響嗎？」

「總是有心理層面的因素啊。」同事咬著原子筆，這不是好習慣，但卻看起來非常可愛，對於如此的矛盾我還沒完全適應。「會讓人比較相信愛情吧。」

我不禁笑了。

但我沒有揭開傷疤只為了打擊同事的惡趣味。

「與妳無關的愛情不管愛得多熱烈，又或者多堅定，都還是與妳無關吧。」

「但是，不管是什麼都有比較性，愛情也是一樣，我告訴我男友，就算遇上更惡劣的狀況，我們也要比副主任和愛莉更堅定。」

我沒有接話，輕輕點頭權當回應。

曾經我也以為愛情的深淺是一種比較，但這些日子我漸漸明白，與其說愛的深淺是一種比較，倒不如說是一種註定。

有些人，一遇上便會讓人深深墜入。

例如黑洞般的何碩。

「本來愛情就是這種不公平的事情吧。」

□

儘管有些作態，我仍然換上了衣櫃最深處的那件連身裙。

才走到小酒館門外，就碰見拿著菸走出來的阿修，他大多時候不抽菸，大概因此我的表情有些詫異，他想了想又把菸盒塞回牛仔褲口袋。

「沒想到一份愛情讓我失去兩個單身的酒伴，妳說，我這心裡的鬱悶該怎麼紓解？」

「還有顧瀾。」我盡可能無視他臉上完全不遮掩的調侃，「而且我不是你的酒伴，不要擴大自己的損失。」

「多表現一點傷痛才有機會得到更多的補償，既然改變不了規則的荒謬性，就得成為拿捏住規則的那一個。」我跟著阿修走進小酒館，獨特的氣味彷彿將門內與門外切割成兩個世界，還沒抵達吧檯我就聽見阿修故作憂傷地說著：「顧瀾不跟我喝酒。」

我深表同情地拍拍他的肩。

但阿修忽然轉身，雙手緊緊握住我方才拍他肩膀的右手，我還摸不清狀況，就聽見他熱切地對我說：「為什麼非要是何碩呢？我不行嗎？我才是那個在妳難過的時候陪著妳，妳要酒的時候倒給妳的人啊！沛青，人有權利更改選擇……」

「需要酒友到這種程度嗎？」

「我只剩何碩了。」

「何碩還是能陪你啊，我不是那種會干涉——」

……另一半？男友？我還沒找到適當的用詞，阿修就悲壯地截斷我的話。

「他說『我往後只陪鄭沛青喝酒』……」

「那我也沒辦法干預。」

我擺出無奈的表情，心底卻萌生甜甜膩膩的滋味，想再說些什麼，阿修卻飛快地鬆開我的手，但他卻不是往後退回吧檯，而是撲往我的方向……擦過我的右肩，像熊又像八爪章魚一樣抱住——

我稍微確認了下，應該是何碩。

「告別單身應該要先喝上三天三夜。」

何碩扒開難纏的阿修，露出莫可奈何的表情望向我：「就說不該來這裡。」

「顧瀾來了你就自由了。」

確實如此。

在阿修的心裡有些明確的先後順序，例如何碩在我之前，但顧瀾又在何碩之前，他本人非常直接了當地表示順序是以陪他喝酒的次數和耐受力來打分的；沒有人會特別去探究他的話是真是假，這大概是我這些年學到的最重要的一件事，擺在明面上的理由有它被擺在外頭的原因。

何碩好不容易將阿修甩給剛到的顧瀾，雖然有些於心不忍，但當何碩拉住我的手，低聲誘惑我逃離現場之際，所有的友情、同情、道德和一切的一切都摔落在地，於是我們便悄悄溜出了以我和何碩為名義舉辦的聚會。

少了主角的聚會也不會被取消。

「我一定會被顧瀾凌遲。」

「到時候我會安慰妳。」

「不如帶我逃到一個顧瀾絕對找不到的地方吧。」

「好。」何碩毫不猶豫地應允，「去一個誰也找不到我們的地方。」

□

何碩牽著我的手又折回小酒館的方向，儘管疑惑我卻沒有提問，跟著他越來越靠近小酒館，透過窗我能清楚看見顧瀾、小杏和阿修在吧檯旁聊天，我們繞過店門，走上左側的樓梯，一階一階向上攀爬，最後他推開生鏽的鐵門，牽著我踏上瀰漫著潮濕氣味的頂樓。

「這裡很適合看星星。」

我抬起頭，不同顏色的光點散落在遙遠的天際。

沒有月光的黑夜反而更能看見星星的閃爍，儘管微弱，卻非常努力地想和城市的每一盞燈抗衡，在充滿光害的城市裡能看見星星是件讓人感動的事，以為會被遮掩的，卻還能看見。

對我而言像種隱喻。

儘管我分不清每一顆亮點的不同，卻仍移不開視線，非常仔細地想記下每一道顏色。

「你和阿修一起在這裡看星星嗎？」

「他不上頂樓。」何碩的聲音彷彿沾上沁涼的夜露，滴落在我的心底，漾開一圈又一圈的漣漪，「比起遙遠的星星，他更信奉身邊的燈光，在他需要的時候就能扭開開關，而不是在黑夜裡帶著期盼找尋微弱的光點。」

「那麼你呢？」

「星星是種盼望，人不能沒有盼望。」

「但無法實現的盼望反而會讓人更絕望。」

「所以，就只能被實現。」

「你真是自信。」

「不是自信，而是不能留下退路。這是後來我才明白的事。」他抬頭望著黑幕中的某一個光點，「人非常擅長給予盼望，卻時常無法實現，但更多時候是人並不確定自己給了對方多大的盼望，兩個人之間的落差一旦踩空，可能就會摔得粉身碎骨。」

「何碩，我不希望你勉強自己。」我握住他溫暖的手，「即使存在落差，即使不小心踩空，但我會像這樣握住你的手，縱使摔往谷底，也還是能慢慢往上爬。」

我告訴他。

「愛情裡會讓人粉身碎骨的不是踩空，而是一個人想獨自扛起兩人份的重量。」

何碩的目光像要在黑夜裡燃起火光般的灼熱，這時我才發現原來自己的承受力遠比自認低上不止一截，不自在地別開臉，強迫自己將視線定格在某一顆星光上，但我想起自己還握著他的手，大概，一切的一切都早已透過掌心被他看穿了。

我終究是敗下陣來。

「一直盯著我看，是對星星不感興趣嗎？」

「不是。只是……」他低聲地笑了，「妳比星星更吸引我的目光。」

聽見他的笑聲，我就明白這段話八成是套路。

但套路之所以能夠成為套路，便存在不容小覷的威力，既讓人頭皮發麻，卻也內心發顫，我想我一定是哪條神經斷裂了，居然拋出了會將我逼往無路可退境地的「調侃」。

「既然這麼吸引你目光，要不，到哪個沒有干擾的地方，讓你能專心地只看著我？」

一般人不會當真的。

大多數的情話的用途都只是用來讓人發膩的，並沒有其他實質上的意義，在我的預期裡，何碩頂多會說「沒有一樣事物能干擾我對妳的注視」，然而他總是踩在我的預期之外。

「好。」

他只給了我這樣的一個字。

接著他拉起我的手，一句話也不說就帶著我走下樓梯。

「現在要去哪裡？」

「我家。」

「為、為什麼去你家？」

「妳剛才說的，為了找一個能專心只看著妳的地方。」

但太能讓人專心的地方容易走往無法控制的方向。

只是，我卻任由他牽著往前走去，也許我根本也就不想控制住什麼。

何碩的住處離小酒館很近，思緒才流轉個幾圈，兩個人就已經停在門前，那扇我跨越過好幾次的大門，這一瞬間，卻透著另一種截然不同的意義。

我聽見鎖被旋開的聲響。

隨著他推開門的動作，我暗自深吸了一口氣，抬起腳，跨越底下無形的界線，然而當我終於踏進何碩的領土，卻驚詫地發現，早已有另一個人站在裡面。

並非抽象地站著。

而是具體的、物理性的，在客廳中央，站著一個留著長髮的女人。

她說：

「阿碩，我回來了。」

13

一把鑰匙能開啟的不僅僅是一扇門，或者一份愛情，偶爾還有一段過去。

何碩將我的手握得有些發疼。

站在客廳的女人狀若無意地瞄了我和何碩交握的手，塗著紅色唇膏的唇抿開一抹笑，讓她的笑容在我的記憶裡烙下過於鮮豔的顏色。

「鎖沒換，我就自己進來等了。」

淺淡的一句話卻浸滿刺鼻的藥水，想腐蝕我與何碩尚未穩固的連結。又也許是想融蝕斷我們交握的手。

她離開的時候帶走一把鑰匙，而何碩卻沒換鎖。

——他始終在等我。

她從容的笑帶著一種優越，幾近悲憫地望了我一眼，像要告訴我卻欲言又止，妳只是替代品，任何站在何碩身旁的女人都只是我的替代品。

「有什麼話改天再說吧，我現在有更重要的事。」

「露娜死了，我想辦一場喪禮。」

我沒有插話甚至沒有以任何動作來介入何碩和長髮女人的對話，像站在最中央的局外人。

事實上，在他和她的愛情裡，我本來就是個局外人。

儘管我能仗恃著「擁有何碩的現在式」的立場將「擁有何碩的過去式」的她驅逐出境，但這裡是何碩的領地，她是何碩的過去式，我不該妄自跨越界線，縱使能被理解或者能被原諒，我也不認為能夠越線。

更重要的是，何碩做出的選擇與我替何碩做出的選擇的意義完全不同。

「明天我再聯絡你吧。」她拎起隨意擺在沙發上的紅色提包，眼神如挑釁一般掃過我的臉，「你的電話號碼應該也還是一樣。」

「鑰匙留下吧。」

她非常乾脆的從紅色提包裡拿出鑰匙，放到桌上時發出無法忽視的碰撞聲響，以及清亮的鈴鐺聲。

然後她走了。

關門聲響起的同時，我發現她歸還的鑰匙上繫著張揚的吊飾，彷彿她早已預料到一切的發展，縱使她走出了何碩的住處，她的影子卻像生根一般竄進屋子裡頭；但比起鑰匙或者吊飾，我的視線更在意那小小的鈴鐺，我察覺他臉上一閃而過的怔忪，那也許是露娜的鈴鐺。

我不願意去猜想此刻他想起的，是那隻他曾經疼愛過的美國短毛貓，或者是那些他曾經愛過的時光。

「我先回去吧。」

「不問嗎？」

「顯而易見的問題沒必要問，我想問的卻又會大幅越界。」我伸手握住他仍舊沒放開的手，「等你整理好，再說故事給我聽吧。」

我認真地凝望著他。

「即使最後是個未完待續的故事，我也還是希望你能說給我聽。」

□

我躺在顧瀾家的浴缸裡發呆。

舉高手，看著白熾燈泡的光透過指縫披灑而落，我極其認真地端詳著這隻被何碩握住許久的手，他的溫度與力度彷彿還殘留在掌心，延伸至末梢，一點一點地消散。

差一點就跨越了線。

說不清是好事或者壞事，我很清楚假使那天何碩的前女友沒有現身，又或者晚上一天現身，我和何碩的狀況必然會產生絕對的質變，也許會讓狀況變得更簡單，又也許會讓狀況變得更複雜。

我很難斷定，卻也已經無法得到答案。

顧瀾指著我的腦袋唸了半天，說我退後留給何碩沉澱和處理的空間，是理論上並且理想上的成熟表現，然而實務處理上卻是將進攻的關鍵時間點拱手讓人，簡直像是將球托給敵方扣。

「前女友是愛情最該防範的存在，妳不拉起封鎖線就算了，還撒手往後退，鄭沛青，全天下的男人都一樣，沒能走到最後的，無論是愛過或者恨過，都是一種深刻。」

顧瀾是這樣說的。

「但如果挺身阻擋在前女友面前，那個明明已經變成蚊子血才分手的女人，又會慢慢成為他心頭上的血紅硃砂痣，蚊子血就要自己動手擦乾淨，才會記住那種膩手的厭惡感，要是沛青代勞，說不定會讓他覺得『蚊子血其實也鮮紅得像是藝術』，根本得不償失。」

小杏是這樣說的。

她們像是辯論詰辯的正反方，拿起解剖刀，將我和何碩和那個長髮女人擺在長桌上，從各個角度切開探討內層的紋理與功能，我承受不住如此血淋淋的場面，旋即逃進浴室沖刷掉染滿軀體的血漬，卻像那些無論怎麼搓洗都洗不掉的白色衣服，沾染在我肌膚上的顏色不管沖洗幾次都還是有著痕跡。

只好帶著泡到發皺的身體爬出浴缸，接受殘留痕跡的事實，但當我再度踏進客廳，我竟然看見讓我逃進浴缸的兩個罪魁禍首正相親相愛地拉著手，一臉沉迷地盯著電視螢幕。

「妳們一點都不擔心我昏倒在浴室裡嗎？」

「所以妳有得到新的感悟，決定要不顧理智立刻衝去抓住何碩了嗎？」

顧瀾瞄了我一眼，幾乎沒有停留又轉回螢幕上正在互相傾訴思念的男女主角，

「看來是沒有。」

「所謂的『過去』就是要自己抬腳跨過去，假使是我伸手將他拉過來，只要我跟他的關係還維持的一天，我就必須背負著『他是不是真的想走到我身邊』的疑問……兩個人的關係中，最可怕的不是爭執，而是疑慮與不安。」

「真是冠冕堂皇。」顧瀾瞇起眼，冷冷地扯動著唇角，「就算只說了百分之十的謊，整體來說就是個謊言。」

我灌了一大口水，視線來回在顧瀾和小杏臉上掃過，看來她們在我洗澡的過程中已經串聯成同一陣線了。

「都說了要給他時間跟空間好好整理，沒幾天就反悔，實在太傷自尊心了。」

顧瀾不客氣地笑了，轉頭和小杏對望。

小杏理解地點頭。

「一個月。」

顧瀾搖搖頭。

「一星期。」

看樣子她們是把我的自尊何時會消磨殆盡作為消遣的賭注了。

一個月？一星期？這也太看不起我了。

「就算我的自尊心連一個月都沒辦法撐住，但妳們怎麼不想想，在我投降之前，何碩就已經將一切整理歸位了呢？」

□

但先按響我家門鈴的卻是她。

後來我從阿修那裡知道她的名字，董文瑩，阿修非常堅定地表示與我同一陣線，但我猜秉持著戀愛就是自由經濟市場的他，會態度鮮明的站隊主因並不是我，而是她無法原諒董文瑩曾經傷害過何碩。

我拒絕了阿修提供關於她的資訊，無論她是什麼樣的人，也無論她在社會上有著什麼樣的角色與地位，都與我不那麼相關，唯一需要被在乎的，只有她在何碩的愛情裡站在哪個位置，而這點，卻不是阿修能告訴我的。

「佔用妳一點時間，可以嗎？」

她拋出問號卻沒有任何徵詢的意味，像是深諳一百種破壞別人心情的技巧一樣，我的心情被扔進了一顆不斷冒出嗆鼻濃煙的煙霧彈；但我還是帶著她走進了附近的咖啡廳，挑了滿佈陰影的角落，我和她都一半落在光亮，而另一半又陷進黑影當中。

「何碩說妳正在和他交往。」

她的開場白非常直接，但我偏頗地感受到她所表現出的直接並非由於性格直率，單純是她過度自信能掌握何碩的感情，又或者過於蔑視我和何碩的感情，無論是前者或者後者，都讓我再度驗證，她果然深諳一百種破壞別人心情的技巧。

「那麼妳就該明白，所謂的前任，就意味著已經是一種過去式。」

「妳知道嗎？」她輕輕地笑了，沒有聲音，卻讓空間晃漾出某種刺耳的喧囂，「有些椅子即使空了，也還是牢牢貼著標籤，就算中途有幾個人想霸佔住那張椅子，但終究是沒有用的。」

「妳還真是自信。」

「我是自信，但我不過是將事實告訴妳。」她不以為然地望著我，「何碩是一個非常負責任的人，就算是不牢固的交往關係，他也不會輕易推翻，只是一段剛由責任感維繫的關係，根本稱不上愛情，既然如此，就由我來替何碩跟妳把話說清楚。」

從何碩那裡無法得手，就轉向來挑撥我。

端起玻璃杯，我喝了一小口紅茶，柔和的香氣在口腔中擴散，我漫不經心地想著，回去抹兩把眼淚，顧瀾和小杏絕對會替我揍她一頓。

不過比起物理性的痛毆，偶爾心理層面的攻擊會讓人更承受不住。

「聽說妳不告而別。」

「這與妳無關。」

「我跟何碩要怎麼交往也跟妳沒有關係。」

「那就沒必要繼續談了。」她果斷地起身，「我只是想在狀況變得更複雜之前先整理清楚，妳死撐著只會讓何碩陷入愛情和道義的困境，到最後除了多了痛苦，妳絕對討不了好，不管妳怎麼否認，都改變不了妳只是一個外來者。」

「我是不是外來者，不是由妳來判斷，退一萬步說吧，即便我真是一個外來者，那也該由何碩來告訴我。」我冷冷地看著她，「現在，妳才是外來者。」

董文瑩走了。

高跟鞋踩在地板的聲響彷彿帶著洶湧的怒氣，她的背影消失得極快，幾個眨眼她便推開門踏出了我的視線；我重重地吐了口氣，不知道該用什麼詞彙來形容心情，只是感覺，一段起頭就充滿阻礙的愛情，實在大幅背離我的期望。

三十歲的戀愛跟二十歲的戀愛談法是不一樣的。

從前我總以為感情在經歷跌宕起伏後終會歸於安穩，所以追求著各種充滿曲折的愛情，彷彿沒有阻礙就無法證明兩個人愛得堅定與深厚，後來我才明白，最終走向的並非安穩，而不過是乏味。

一份安穩的愛情，遠比我想像的更難以擁有。

□

為了沉溺而休的長假，卻因為閒暇時間過多而揮散不了充斥在腦海裡的各種念頭，在這之中，超過九成會導向何碩。

果然，戀愛的開關一旦開啟，即便是一致無二的生活也會覆蓋上一層帶有顏色的玻璃紙。

他每天都會打來一通電話，談論著日常，除此之外什麼也不碰觸，像是在等待我核發通行證，但我卻迴避他釋放的訊息，我猜，他也敏銳地察覺到了。

這幾天他準備著露娜的喪禮。

只是一隻貓。

儘管我反覆地告訴自己，卻無法阻止以一隻貓作為起點的各種延伸，那隻名為露娜的貓像種隱喻，他們過去的愛情逝去了，然而那份愛情的逝去卻值得一場慎重的喪禮，在哀悼的同時，他們會緬懷，會回憶起種種過去，甚至擁抱著互相傾訴當年的輕率與錯過。

喪禮是個極哀傷的結束，卻也能成為一個新的開始。

「吶，小黃，為什麼明明只需要兩個人的愛情，卻總是走進三個人呢？」

我和謝承安的愛情闖進了愛莉，好不容易牽起何碩的手，本應待在過去的前任卻又試圖突破時間的高牆，挾帶著往昔的種種想讓過去延伸並且扣連住現在，她的武器是回憶的厚度，相形之下我實在顯得太過單薄。

「小黃你還是一如既往的不理我。」我的視線移往正悠悠游動的小粉紅，「你更乾脆，連個眼神都不給。」

我壞心地笑了。

「據說六角恐龍壽命是十到二十年，等到要幫你們辦喪禮的時候，大概也過了最好的歲月了，所以啊，你們要好好地活著，長長久久的活著，把自己當成烏龜來生活吧，至少能成為某個人的愛情裡一份始終活著的部分。」

「想養的話我可以把牠們帶回去。」

何碩的聲音忽然落在我的身後。

我旋身轉向他，看著他走到我面前，不禁想著他的話是因為聽見我的喃喃自語嗎？

「牠們有適合牠們的地方。」模糊地繞過話題，不能肯定的時候就只考慮字面上的意義，這是最簡單也最安穩的辦法。「不是上班時間嗎？」

「因為妳在，所以就來了。」

也許我的迴避讓他更加簡明直接，但我終於知道原來水族館的店長是他的眼線，我前腳一踏入，店長後腳就聯繫何碩。

「既然都蹺班了，要去散步嗎？」

我沒有拒絕何碩的理由，於是我和他搭車前往最近的海邊，是當初在一片黑暗中觸碰到他遞出的感情的海邊，我忽然想，或許我和他的回憶其實不那麼單薄。他牽起我的手，明明才相隔幾天，我卻感到一種久違，眼眶竟泛起酸；斂下眼，我想掩去那份酸澀，何碩卻又踩上了最令人酸楚的那個點。

「我很想妳。」

「何碩。」我輕緩地喊著他的名字，「我不希望我和你的感情裡面擺進勉強，這跟時間無關，也跟等待無關。」

「我並不勉強，卻又懷著即使妳感到勉強我也不想退後的心情，我遏制不住心中的自私，所以我要自己暫時停在原處，別將妳拖進那段妳不該背負的過去裡，但一聽見妳在，我卻還是去了，我分不清自己究竟是敵不過我的自私，或者是不想勝過我的自私……」

何碩的聲音有些嘶啞，混著海風的鹹味，融進眼前大海的湛藍，我猜想往後想起這一天，或許首先想起的並不是海，而是何碩告白著他的自私的嘶啞嗓音，搔動心底深處最敏感柔軟的地帶，讓人不由自主地發顫。

「你還愛她嗎？」

「不。」他沒有任何遲疑，姿態也不像從口袋掏出預備好的答案，而是誠實地攤開自己。「但她是我必須跨越的過去。我和她從朋友到戀人，走了很長的一段路，我沒辦法否認，也不願意否認這一點，我愛過她，我不會為了對妳說謊，只是那已經是一份愛過，是一份曾經；現在的她挾帶那份曾經的重量回頭，我不會接受，卻也不能毫無顧慮地打破一切。」

何碩有短暫的停頓，我轉頭望向他，發現他有些痛苦地閉上眼。

「當年她的不告而別只是一種手段，我卻不採取任何動作而讓她的不告而別變成真的。」他一個字一個字緩慢而仔細地說著，「誰也不知道，我之所以拚命想找出她的下落，是因為我欠了她一個結束。」

他緩慢睜眼，側過頭對上我的雙眼。

「對不起，之前告訴妳的故事不是百分之百的真實。」他無聲地嘆息，海的喧囂卻掩蓋不住他的哀傷，「在那之後她曾經寄來一封信，她知道我在找她，卻要我讓故事成為她的不告而別，她說，至少這能讓她顯得不那麼悲慘。」

然後，也能讓何碩更深刻地記憶住她。

「我希望能讓她好好接受當初沒給的句點，這是我該做的。」

「何碩。」我收回視線，望向大海和天空交疊而出的那道界線，「比起星光，其實我更喜歡漁船的燈火，因為它們總會靠岸。」

但是，現在的你，卻像星光。

14 等待像一條高空鋼索，每個行走在上的人都必須承受搖搖欲墜的不安。

我和何碩的感情像是受眾人矚目並且被列為重點推進的案子，卻突然急轉直下，也許因為政策，也許因為投資者，一夕之間成了被擱置在旁的一疊紙張。

依然極具發展潛力，卻說不準能不能發展。

我結束休假後接手的第一個案子就是被推遲兩季的新產品宣傳，真不知道是上天給的好預兆，或者嘲諷；大抵一切的事物都有難以判斷的二元性，主任在例行會議裡直接點名要我去拜訪某間法商，差一點我就回答「我不是業務」，但我又想起來天天往何碩公司跑的日子，公司就是這種組織，無關一個人的職位該不該做些什麼，而在於能不能支使一個人去做些什麼。

於是我只能在主任那不知道該說是關愛或者審視的眼神下，拎起包包外出。

大概四十分鐘後我就搭上了客戶辦公大樓的電梯，一邊排演著待會兒我該說些什麼，但職員並沒有帶我走往待客室，而是將我直接領到了某間辦公室門前。

她敲了兩下門，說明了來意，很順利地獲得了通行的許可。

但我卻突然明白自己一路暢行無阻的理由了。

那句幹練又明快的「進來」，假使沒有傳說中的那種百分之零點零一的意外，在裡頭等著我的人絕對是——

董文瑩。

「讓妳跑一趟真不好意思，但不管妳準備了多誘人的方案，我都不會把案子交給妳。」

「利用公務來滿足妳的私情，不覺得羞恥嗎？」

「這就是這世界的規則。」她的笑容裡帶著鮮明的嘲諷，「利益，不也是一種私情嗎？說白了，不管戴上多冠冕堂皇的帽子，人所做的事情，絕大多數的起點都是私情。」

「那麼，妳不惜這麼大張旗鼓，究竟想做什麼？」

「只是想以另一種形式讓妳看清楚局勢。」她似乎沒有讓我坐下的意思，也許是場很快就能結束的對話，又也許她單純是想維持兩個人不對等的畫面感，「何碩昨天也來過，商業合作是一種食物鏈，愛情也是，何碩想從我手上拿下代理權，而妳想從何碩手上談下案子，妳明白嗎？這不是能憑藉努力或者運氣就能改變的現況，每間公司都有自己的所處位置和立場，處於愛情裡的人也是。」

「公務上或許是這樣沒錯，但提到愛情，我只感覺妳在虛張聲勢。」

「虛張聲勢的是誰，不是用言語就能改變的。」

我沒有接話，因為我絲毫沒有被她扯進毫無出口的輪迴中的打算。

——當年她的不告而別只是一種手段，我卻不採取任何動作而讓她的不告而別變成真的。

看著她，我想起何碩曾經的告解。

關於董文瑩的不告而別有兩個故事版本，我不清楚誰的版本更接近真實，這不是誰說謊的問題，單純是對感情的理解可能產生極大的落差，就如同我和謝承安的感情，或許有一些人會同情我遇上錯的對象，但也會有一些人認為我沒能經營好一段感情，誰說的都對，只是就連身處其中的我，直到現在都沒能給出清楚的闡述，何況是何碩和董文瑩手持的截然不同的版本。

「妳和何碩的事情，你們應該自己解決，不要將我扯進去。」

「擺出一種局外人的姿態，好讓何碩更愧疚嗎？」

「隨便妳怎麼理解。」我緩了緩呼吸，盡可能壓抑臉上的厭煩表情，「這是何碩該做的事情，把上一段感情整理好，要斷乾淨或者要復合，他都應該處理好再來面對我……感情不是只有一種應對法，妳想挽回所以積極爭取，這是妳的選擇，但對於也想和他往下走的我，選擇的卻是保持一段距離讓他有足夠能做出判斷的空間，即使我利用各種方式綁住他，但我沒有信心用愛以外的存在綁住他一輩子。」

我直直地望向她，非常清楚地感受到她散發出的緊繃與忍耐。

但那其實與我無關。

「我不會要一段以愧疚、同情，或者任何與愛無關的感情建築起來的愛情，我不喜歡複雜的事情，所以對我來說，愛情，最好就是字面上的意思就好。」

□

我煩躁地挖著冰淇淋，塞進嘴裡的瞬間竄上腦袋的強烈痛感成功轉移了心煩，但用一份受罪來覆蓋另一份受罪，跟用一份愛情來覆蓋另一份愛情一樣，都是最不該選擇的選擇。

儘管我確實堅信何碩過去的感情必須由他獨自整理，但一次又一次，董文瑩的執著與積極像根尖刺，隨著她的傾盡全力，被重重敲進我的心底。帶來不容忽視的鈍疼感。

我並非不焦慮，但我對何碩的感情，像是右腳踩進沼澤裡，但還有一隻乾爽的左腳在岸上，只要用力一蹬，就能脫身回到岸上，儘管右腳會沾上滿滿的水氣與泥濘，但花上一點時間和力氣就能洗淨烘乾；一旦我再往前一點，很可能連左腳都陷入沼澤，屆時就不是要花多少力氣洗掉泥濘的問題了，而是我甚至不能肯定自己有沒有辦法離開沼澤。

我早就已經過了那種憑著心動就能奮不顧身的階段了。

對安穩關係的追求，甚至大於對一場轟轟烈烈愛情的憧憬，我喜歡何碩，也希望能和他往下走，我卻不認為自己有力氣陪著玩一場擠進三個人的戀愛遊戲。何況對手還來勢洶洶。

我又咬下一口冰淇淋，腦袋又痛了一次，大概是因為這樣，我花了幾秒鐘才意識到門鈴是真的在響。

我小心掛上門鏈，拉開門之後卻從門縫看見何碩那張充滿禁慾氣質的臉，我和他安靜地對望了幾秒鐘，才關起門解開門鏈，再度打開門，讓兩個人得以清晰地看見對方。

「剛下班嗎？」

何碩輕輕應了聲，我替他泡了一杯大吉嶺，卻看見他從紙袋裡拿出蛋糕，大概是讀出我表情裡的詫異，他揚起一抹讓人移不開視線的微笑。

「阿修說妳喜歡。」

「但你不喜歡甜食。」

「我喜歡妳，那就夠了。」

「只有喜歡是不會夠的。」

何碩起身，緩慢而堅定地走到我面前，伸手將我攬進他的懷中，那一瞬間，屬於他的淡淡檀香竄進我的體內，也滲進我的靈魂，我才清楚感受到自己對他的想念竟脹滿到我幾乎要無法負荷的程度。

我比自己以為的還要喜歡這個男人。

「冰淇淋要融了。」

「再冰過就會回復原狀了。」他輕撫著我的頭髮，說話的時候會傳來輕輕的震動，「雖然會變成不那麼適合食用的狀態，但只要適當的冷卻，就能百分之百恢復原狀，還能凝固成更平滑漂亮的樣子，完全看不出曾經被挖過的痕跡。」

「但是凝固要花上多久的時間呢？不管多麼期待，不管想吃冰淇淋的心情有多麼渴望，都還是會有一定的期限的，假使期限過了才看見一份美味的冰淇淋擺在面前，我想，一定會比等不到更哀傷吧。」

我伸手摟緊他的腰，卻忍不住嘆息。

「我想要的只是一份安穩的感情，但是，沒有一份等待能讓人得到安穩。」

「但是妳的存在卻讓我得到安穩。」他不自覺將我抱得更緊，比起他一貫的從容自在，這一刻的何碩透露出一種令人心疼的脆弱，「我很自私，對吧。」

大概，沒有人的愛情是不自私的。

所以我才推不開他。

「何碩——」

我的話卻被突來的電話鈴聲截斷，他沒有接聽的意思，仍舊抱著我，然而鈴聲卻像永遠不會停一般拚命響著，終於等到鈴聲歇下，卻又換成我的手機響起。

是阿修。

「怎麼了嗎？」

「何碩，跟妳在一起嗎？」

阿修的聲音有些遲疑，我忽然萌生相當不好的預感，卻還是將電話轉交給何碩；我聽不太見他們兩人的對話，只看見何碩的臉色越來越沉，蹙起的眉心讓他散發一股不容忽視的低氣壓。

然後他告訴我，董文瑩在阿修的小酒館喝醉了。

非常輕描淡寫，但我很清楚，阿修甚至比我和何碩更加抗拒董文瑩，能讓他不惜透過我也要聯繫上何碩，必然不會是簡單的喝醉。

「你去吧。」

「讓我自私到底吧。」何碩拉起我的手，以從來沒對我展現過的強勢帶我走出房間，「我一開始只想著，妳不後退就好，很快我就能走到妳身邊，但這些日子我終於弄清楚，保持一定的距離是不夠的，我連看著妳站在原地都感到不安，既然妳不過來，我就只能把妳拉過來……」

他說。

「無論站在哪裡，我都希望妳待在我身邊。」

□

在阿修愧疚的眼神之中何碩和我將董文瑩扛回住處。

她的酒瘋比我預料的更加嚴重，阿修甚至提早打烊準備跟她耗，卻敵不過她的蠻橫，一見到何碩現身，她簡直完美演繹八爪章魚的吸附力，緊緊攀貼著何碩，但下一秒鐘，在我的不悅還沒凝聚成型之前，何碩就以簡單粗暴的方法制伏她。

直接打昏。

「這樣好嗎？」

「讓自己陷入這種瘋狂的狀態，就必須付出相應的代價，我不是刻意做給妳看的，但有些事，即使會增加妳的麻煩，我仍然認為必須要讓妳親自見證。」何碩扛著她，將她放到沙發上，旋即將視線擺在我身上，「妳剛才說，一個處在等待裡的人不可能得到安穩，但對我來說，會讓人不安的是猜測和不確定，我確實因為舊情給了她更多的寬容，但前提是她不能越界，今天這種狀況，就是越界。」

我看了一眼沙發上陷入昏睡的女人。

狼狽得與那天在辦公室和我談話的人簡直像兩個人。

「我沒有她這麼愛你。」

何碩忽然扯住我的手臂，讓我不得不貼靠在他的胸前，我感覺熱燙的呼吸撲打在我的鼻尖，他深邃的眼眸幾乎要將人吞噬。

對我而言，他始終是黑洞。

「那是我的問題。」他的唇若有似無地滑過我的鼻尖，「不是愛得比較多就能得到另一個人的感情，而是那一個人想把感情交給誰。」

他無比認真地注視著我。

「即使妳對我發脾氣，我反而會感到更安心。」

「在沙發上還躺著一個女人的狀況下，你簡直是替自己挖坑。」

「那妳想怎麼懲罰我？」

何碩壓低嗓音，貼靠在我的耳畔，「任何要求我都會配合。」

我的心跳速度瘋狂飆升，雙手不由自主扯緊他的襯衫，所有關於他的一切都在沉靜的空間裡頭被無限放大，我拚命以董文瑩的存在來逼迫自己保持冷靜，但其實我打從一開始就知道，只要在何碩身邊，我便沒有冷靜的選項。

「去我家吧，我不想讓你陪她一整夜。」

「好。」他輕輕地笑了，「我只會陪妳一整夜。」

□

也許愛情並不容許人懷抱著停在原地的念頭。

一大早醒來浮現在我腦海裡的第一個想法，就是自己兩腳都踩進沼澤裡了。

「不開心就大鬧一場，懂事的女人跟容易的女人只有一線之隔。」

「況且每一份關係的開頭都需要定調，連出現蓄意破壞的第三者妳都這麼好說話，往後妳連發怒都很難找到施力點。」

顧瀾霸佔我的左耳，小杏霸佔我的右耳，毫無間隙地輪流抛出大量的言語，聽到最後，我的知覺都被無止境反覆的嗡嗡聲佔據，而她們也才肯停歇，暫時放我一馬。

「妳最大的問題就是太信任愛情，但愛情的本質就是一種動搖。」

我錯了。

她們只是口渴停下來喝水，而不是想放過我。

「而且，愛情最重要的就是激情與熱情，雖然有風格上的問題，但也不是要妳追求仙女棒一樣的火花，至少也要是一盞燈的程度吧。」顧瀾不耐地嘖了聲，「妳現在根本就跟螢火蟲沒兩樣，稍微有一點光害就看不見妳，溪水有一點污染就可能讓妳滅絕，就算何碩小心翼翼想做好生態保育，但那個女人只要隨便放把火，妳就全滅了。」

「所以，在妳被滅掉之前，先聯合何碩滅了她。」小杏忍不住笑了出來，「二對一，很公平。」

「哪裡公平了？」

「愛情本來就是以兩個人為單位，是她沒找到人組隊還硬要參賽，活該被輾壓。」

「沛青，」顧瀾柔軟的掌心貼放在我的肩上，「小杏說得沒有錯，愛情是以兩個人為單位，即使妳沒有參與何碩的過去，但妳是他的『現在』，妳應該要陪著他去面對這一切，假使謝承安捲土重來，也不應該是妳一個人去處理，那些人是你們各自的過去，但你們已經不在那些過去裡面了。」

我斂下眼，卻躲不開顧瀾的話語。

「妳有沒有想過，妳所謂的信任，會讓何碩成為一個孤立無援的人？」

小杏接著說。

輕緩的嗓音卻重重地落在我的心口。

「何碩來找過我和顧瀾，並不是要我們對妳說這些話，相反地，是拜託我們多陪妳，盡可能讓妳不要感到孤單或者不安；但是，說不定他才是那個最孤單也最不安的人……我跟顧瀾在妳住處外遇過他好幾次，他卻讓我們別告訴妳，大概是不希望妳為難，何況妳才經歷過上一段被介入的感情，對愛情的審視會更謹慎，但該怎麼說呢，我跟顧瀾當然百分之百站在妳這一邊，正是因為這樣，才會希望妳不要錯失一個把妳的感受擺在第一順位的人。」

顧瀾和小杏收起了言語，各自給了我一個擁抱後替我留下安靜的空間，我靠著沙發一動也不動地任憑思緒旋繞，最終停在那日何碩不經意流露出的脆弱；其實我很清楚何碩並沒有給董文瑩太多的餘地，她才會一次比一次更焦灼，也更無所不用其極。

顧瀾沒有明說，但我能察覺她藏匿的意思，董文瑩的拉扯與不肯罷休，說不定有很大的原因是我留守在自己的堡壘，讓她得以懷抱微小的希冀。因為我和何碩沒有把隊形組好，才會讓她覺得破綻百出，有可乘之機嗎？

想了想，儘管將近十二點，我還是拿起手機很快地按下何碩的號碼。

「發生什麼事了嗎？」

「沒有，就只是想你了。」

電話另一端有短暫的停頓，接著是他輕淺的笑聲，我竟然從中感覺到他的滿足。不過就是一句簡簡單單的想念，我甚至什麼也沒為他做。

最後他說：

「我也想妳，非常地想妳。」

15

妳的存在，便能成為我的動搖。

我希望能與何碩成就一份愛情。

將曾被推遲兩季的計畫擺進上架排程後，這股念頭忽然非常強烈地席捲而來，也許我的選擇不過是一種畫地自限，自認給出足夠的餘地讓他整理過去，卻忘了此時此刻理應是我和何碩的「現在」。

「沛青姐，妳遇上什麼好事了嗎？」

「沒啊。」我納悶地看著同事，「為什麼這麼問？」

「一種直覺。妳今天的狀態特別不一樣，要比喻的話，大概就像剛打開可樂，發出啵的那瞬間……」

「妳的比喻真是有創意，」我拍拍同事的肩膀，「下次記得發揮到企劃上。」

我將注意力轉回手邊的工作，卻不禁佩服同事的傳神形容，大概積聚在我體內的各種感情與情緒，就像被壓縮在鋁罐裡的二氧化碳，一個轉念，就像終於找到拉環的施力點，啵的一聲，讓氣體一鼓作氣地噴發出來，也讓我的內部與之外的世界有了連接的通道。

更準確來說，是一條能夠抵達何碩所在之處的通道。

於是一下班我就迫不及待地前往他的辦公大樓，連電話都沒打，昨晚不過是一通傾訴想念的電話，就能讓何碩得到莫大的安慰，這一點，也成為推動我直驅他面前的力量。

我想親口告訴他，堅定地告訴他，我們是一起的。

然而，當我從街的這一端到那一端，映入眼簾的第一幕卻是何碩和董文瑩並肩站立的畫面。

過於和諧的構圖讓人萌生想破壞的衝動。

而我也確實這麼做了。

「何碩。」

我的聲音成功讓何碩轉過身，他臉上緊繃的表情在短暫的詫異後鬆弛開來，揚起一抹輕淺的微笑，而一旁的董文瑩則完全相反，綻放的笑靨瞬間冷卻；快步移動到何碩跟前，我的腦袋裡突然竄升一個極為幼稚的念頭，才剛想要將念頭揮散卻又止住，我不著痕跡地瞄了董文瑩一眼，說服自己，任何的幼稚擺進愛情裡頭都是能被容許的。

於是我撲進何碩懷中，極為明顯地無視董文瑩的存在。

「我來找你吃晚餐。」

然而何碩還沒回答，就插入另一道聲音打斷我們的對話。

我該猜到的，董文瑩不會輕易讓我如願。

「可能要讓妳失望了，我跟何碩還需要討論公事。」

「明天上班時間我會再去拜訪妳。」

「我明天沒有會客的時間。」董文瑩神色又冷凝了幾分，下一秒鐘卻又抿起笑，「我不介意鄭小姐一起。」

說得像我才是那個必須被允許才能跟他們共進晚餐的外來者。

假使要將我的排斥情緒量化，以滿分一百分的標準，和董文瑩共進晚餐的厭惡程度約莫是九十分，但眼睜睜讓她逮到機會跟何碩單獨吃飯，厭惡程度毫無疑問的是超出量表的兩百分。

我不想讓何碩為難，於是扯了扯他的手，以眼神示意我不介意三個人共進晚餐。

「我不是擔心你的防線會被攻破，單純是連她想攻破你的防線這件事，我都無法忍受。」

「妳幾天前才要我好好守著，擊退她之後再迎妳進城。」

「女人的善變你總是要提早適應的。」

□

三個人各自落座在方桌的某一側，註定是個不平衡的狀態。

董文瑩蓄意挑了一間何碩和她在交往期間常光顧的店家，言談之中無所不用其極地展現她對何碩的了解與親暱，幼稚程度跟方才我撲進何碩懷裡的舉動不相上下，但我必須承認，越簡單粗暴的策略，往往就越有用。何碩的態度很明確，這一點相當讓人感到欣慰，我多少也分析了下董文瑩的心態與處境，大概是耗盡了舊情的額度，才轉而利用職務權力作為維繫的手段；我想她並不單單只是不肯放手，而是看準了人心的軟弱，儘管何碩態度堅定，卻不意味著我也會同樣堅定，哪邊都好，只要感情裡有一方產生動搖，她便有敲開裂痕的機會。

她要消耗的，不是何碩，而是我。

到現在我才終於明白這一點。

「有個消息似乎得先通知鄭小姐呢。」董文瑩在我將叉子刺進紅蘿蔔時，忽然用相當居高臨下的挑釁口吻拋出話語，「後天何碩會和我一起到日本拜訪日本的代理商，這是下午會議剛敲定的行程，何碩似乎還沒有機會告訴妳。」

差一點我就要把手裡的叉子扔向她了。我把紅蘿蔔塞進嘴裡，決定更簡單粗暴地忽視她。

「我還沒有答應。」

「你不去，合約就簽不成了。」她斂下眼，看不清眼底的情緒，「我認識的何碩，是個公私分明的人。」

我認識的何碩也是。

暗自嘆了口氣，我輕輕擱下叉子，不禁感嘆我遠比自認地更加容易受到動搖，她拋出的難題實在過於燙手。

我很清楚何碩的公司有多重視董文瑩帶來的合作，一旦我擺出不情願的態度，無論何碩最終做出什麼決定都不會帶來讓人滿意的結局。假使他顧慮我的情緒放棄合約，勢必對他的事業帶來極大的衝擊，但如果他明知我的抗拒仍選擇與董文瑩同行，也絕對會在我的心裡留下一道無法抹滅的痕跡。

擺在檯面上的只有一個選項：我不僅不能成為阻力，甚至得推上一把。只是，這樣的決定仍舊成為一根尖刺。

董文瑩是個非常聰明的女人，連愛情都能計算得讓人每一步都走不得，卻又不能不走。

「我去一下洗手間。」

「我也一起吧。」

想避開她暫時讓情緒冷卻，但她卻不打算給我任何餘裕。

也是，如她這般能夠將感情盤算到這種地步，怎麼可能放過給出會心一擊的大好良機。

「這世間沒有一道牆是推不倒的。」

「我實在不懂為什麼總會有人想破壞別人辛苦築城的牆。」

「因為裡頭有無論如何都想要的東西。」她透過鏡子望著我，臉上沒有任何表情，「妳能承受多久呢？像這樣的狀況如果一而再、再而三的發生，總有一天妳會負荷不住的，就像過去的我……即便何碩現在明白地選擇妳又怎麼樣呢？愛情裡，最重要的根本不是一個人想把感情給誰，而是誰能堅持地想要那一份感情。」

「這樣的愛情，未免太辛苦了。」

「即便是這樣……」她將話語頓住，沒有往下說的意思，反而轉了話頭，「妳知道為什麼每一段感情裡，前任都是讓人最無法忍受的存在嗎？」

她說。邊拿著唇膏將紅唇描繪得更鮮豔。

「因為妳無法百分之百的肯定，他的心中是不是還放有餘情。」她抿起笑，「縱使沒有，一個人之所以愛過另一個人，必然存在著理由，妳猜，何碩對我的愛過，會不會在出差的這段日子裡，又燃起火光呢？」

□

何碩送我回家的途中數度欲言又止。

對於一向乾脆到時常令人無法招架的他而言，是極為不尋常的表現，在即將拐過最後一個彎之前，他忽然停下腳步，我旋身望向他，在冷白路燈光線映照下的他的輪廓，顯得過於深刻而又一次烙進我的心底。

很久之後我才明白，一個人的深刻並不單單源於他的自身，而是屬於他的一切，即便是在他人眼裡微不足道的一舉一動，都因為蘊藏在我內裡的感情而成為一種深刻。

縱使明白他彷彿黑洞，卻依舊心甘情願地朝他走去。

或許，這就是所謂的愛情吧。

「我可以不去。」

他的話讓我有短暫的怔忪，有一點詫異，又有一點不敢置信；沿途的安靜讓我猜想他正苦惱著如何安撫我，或者提出補償的方案，卻從沒有一瞬間思考過，身上「公私分明」標籤貼得死緊的他，竟會做出這樣的決斷。

「你——」

「雖然是很重要的案子，但總是能從其他部分彌補回來，何況，是她先拋出橄欖枝，這件案子本來也就不在公司原先的目標之中。」

「就算是這樣，只差臨門一腳的案子，在高層眼中根本沒有失手的空間。」我給了他一個微笑，「這種提議，不像是公私分明到令人感到髮指的何經理會給出來的。」

「我說過，那些公私分明，不過是別人拿出來的私情還不足以動搖我。」

但妳不同。

儘管談過了幾場戀愛，也自認能稱上成熟，可對於這種「妳是特別的」的表現，卻還是難以招架。

我搖了搖頭。

「能聽到你這樣說，我很高興，真的，但正因為成為能動搖你的私情，我更不能輕易地動搖你的生活。」

「如果我說，我希望妳能要求我不去呢？」

「我依然不會這麼說。」

他越心甘情願，我越不能隨意揮霍他的心甘情願。

牽起他的手，認真地凝望著他幽黑深邃的眼眸，那之中有我的倒映，我想，或許人的貪求其實是很好被滿足的，至少這一刻的我，認為這樣便已足夠了。

「何碩，一段關係應該要讓我們彼此變得更好，而不是成為對方的阻礙，我不會讓我的感情絆住你前進的路途，這一點，對我來說比什麼都更加重要。」

何碩忽然扯住我的手，猛然施力將我拉進懷裡，屬於他的溫度、氣味甚至是力量，一切的一切，交織成一張綿密的網，緊緊將我包裹在內。

或許人的愛情確實是有深淺之分的，縱使我自詡對待每一段感情都全心全意，但其實我比誰都能感受到之間的差異。

何碩對我而言是不同的。

「沛青——」

「沒關係的。」我摟著他的腰，任憑他的氣味深深滲進我的體內，「我希望你能好好地完成工作，這樣的你，才是我印象中的那個何碩。」

□

據說蟬羽化後僅有七天的壽命。

我搖晃著氣泡水裡的冰塊，側耳傾聽冰塊撞擊杯壁發出的喀啦喀啦的清脆聲響，儘管我也成為推何碩搭上飛機的力量之一，卻忍不住反覆地想著，經過七天之後一切的一切究竟會產生怎麼樣的質變。

至少對蟬來說，那可能就是生與死的兩個世界。

「佛說：『前世五百年的回眸，才換來今生的擦肩而過』，妳就這樣放棄一段好不容易出現在生命中的緣分，不會後悔嗎？」

「放棄？」我抬起眼，納悶地望向一臉鬱悶的阿修，「什麼意思？」

「上次失戀不過是借酒澆愁，這次直接失去記憶了嗎？」

「失戀？把話說清楚，不要打啞謎，我的腦袋現在沒有足夠的記憶體可以應付你的迂迴。」

「何碩。」阿修大力地將手裡的酒杯放往桌面，「妳明知道他沒有左右搖擺，甚至連一絲絲的動搖也沒有，就算董文瑩真的很難纏，但至少妳也該做點努力吧，就這樣讓何碩獨自面對，最後還輕巧地捨棄，在我看來，妳比當年那個不告而別的女人更狠心。」

「我捨棄什麼了？」阿修的話讓我越聽越不對勁，我起身猛然揪住他的衣領，「把話說清楚！」

阿修屈於我的脅迫，一五一十地說出了昨夜，也就是何碩出發前一晚，居然主動找眾人避之唯恐不及的阿修喝酒，這種狀況下阿修當然不敢喝多，反倒是平日不怎麼沾酒的何碩一杯接著一杯喝，趁何碩醉得差不多了，他才小心翼翼地套話，終於理解所有事情的癥結點所在。

「我沒辦法給她足夠的安全感，所以就不會成為她的選擇吧。」何碩這麼說。

我愣了下，阿修迅速從我手中扯回衣領，大概是察覺我的恍神，戳了戳我的腦袋將我拉回現實。

「我不過就是要他好好完成工作，怎麼會成了捨棄跟他的感情了？」

「妳確定沒說什麼讓他誤會的話？」

……誤會？

「『一段關係應該要讓我們彼此變得更好，而不是成為對方的阻礙，我不會讓我的感情絆住你前進的路途』……這種，算嗎？」

阿修給了我一個死氣沉沉的眼神。

很好，我理解了。

「我是真的希望我們的關係是相互扶持而不是相互阻礙啊！」

「但在你們所處的狀況下，聽起來就是，何碩，我不想擋你的路，也不想再被你跟董文瑩的事困住，放飛我們的感情吧，你搭你的飛機去完成工作，我也飛往我要的生活吧……鄭沛青，妳知不知道一句話能讓兩個人產生多大的分歧？何況妳還講了一大段。」

「那、那怎麼辦？」我乾笑了兩聲，「等他出差回來我立刻去見他！」

「正常狀況是可以啦，但妳是不是忘了，現在，在何碩脆弱的時候，身邊還有一個虎視眈眈的董文瑩。」阿修不遺餘力地恐嚇我。「妳知道嗎？有多少份感情的錯過，不過是因為那一秒鐘的時間差，妳跟何碩之間，可是七天呢。」

阿修成功地擊潰我的理智。

拎起提包，我頭也不回地往外走，一個瘋狂的念頭忽然在腦中高速旋轉——

我要到何碩的身邊。

現在，立刻。

16 我希望，能成為你的貓。

生命的轉折時常以衝動為基礎，透過窗我俯瞰著逐漸縮小的街景，以及越來越趨近的雲層，隨著情緒慢慢沉澱，我才開始體會到「衝動」這個詞彙的意義。

距離和阿修的對話甚至不到五個小時，我就已經搭上班機，前往何碩所在的城市，仔細回想起來，在我三十年的人生裡，再沒有一份衝動比對何碩更為熱漫而無法控制。

沒辦法忍受七天的時間差的人，並非何碩，而是我。

縱使對他握有百分之九十九的把握，我卻不敢去賭阿修刻意煽動的那百分之一的可能性；當不安的種子萌芽，每一秒都令人坐立不安，從這個城市到那個城市，不過短短三個小時的交通時間，我卻連三分鐘都感到煎熬。

何碩等待我的這些日子該有多漫長呢？

我拚命數著時間，或者拚命不去數時間，瞪視著窗外亮度漸減的天空，時間的流逝彷彿不再是抽象的指針前行與數字跳動，更是具體的光線，像是有哪個人躲在雲的後頭，每一秒鐘就抽走一道光束，一吋一吋將我們推進夜幕之中。

落地的瞬間，我便迫不及待地離開機艙。

終於收到訊號的手機瘋狂響起訊息提示聲，首先是政府部門和電信公司的訊息，再來是阿修，他傳來準確的地址，最後一則又一則的不斷響起的單音，卻是來自何碩的未接來電。

阿修又傳來訊息：「何碩說他聯繫不上妳，我沒透露妳飛去的事，記得聯絡他。」

我立刻回撥，卻無人接聽。

每一次的錯過，都讓人心驚膽顫。

跳上計程車，我按捺著扯著司機超速的衝動，手指忍不住在大腿上一次又一次地敲著，我又想起何碩那雙骨節分明的手，想起他的似笑非笑，想起他的溫柔，也想起他的擁抱與脆弱。

越是趨近，我的心臟就越是鼓譟，簡直像要跳出我的身體，先一步抵達他的掌心。

我進行長長的深呼吸，特殊的芳香劑氣味竄進我的肺腔，也許是巧合，又也許是錯覺，我總感覺包覆自己的是淡淡的檀香味；我又撥了一次何碩的號碼，依然是無人接聽，掛斷電話時，我發現自己的手心正微微發汗。

冷靜一點。

斂下眼，我的視線落在發顫的指尖，其實我明白，自己的顫抖並非恐懼何碩建築的牆被董文瑩推垮，而是對於即將毫無保留地捧上真心本能地感到害怕。

計程車司機在飯店大門前讓我下車，我有一瞬間的怔忪，充滿異質感的空氣、溫度以及語言，在在提醒我這簡直是超現實的展開，何碩不過就是出差，而我竟搭上飛機追到了這裡。

大概，愛情才是這世界上最超現實的存在。

□

門鈴清亮地響起，卻遲遲沒有回應。

我想像過各式各樣的開展，例如何碩的各種表情，又例如房內有生意夥伴，甚至拉開門的是董文瑩，卻遺漏了他不在房內這項可能性最大的狀況。

往後退了一步，口袋裡的鈴鐺掉了出來，發出清脆的聲音，我蹲下身撿起鈴鐺，忍不住舉起鈴鐺搖晃了幾下，這也是衝動至極的產物之一。

我匆促地走出機場時，理應無暇顧及四周景物的視線，卻恰好落在禮品攤的鈴鐺上，它又恰好到不可思議地搖晃了起來，清脆的聲音讓我想起何碩的那隻美國短毛貓，我停住腳步，連一瞬的猶豫都沒有，就將鈴鐺買了下來。

「……沛青？」

何碩不確定的聲音將我喚回現實，我捏著鈴鐺，掌心裡傳來一陣異物感，卻讓我更加清醒。

「妳怎麼會……」

「因為想你。」我緩慢地說，「就來見你了。」

我想，假使將數不清的理由一樣一樣歸類擺放，最終應該也只會浮現這唯一一個最簡單直白的核心。

什麼都不那麼重要了。

只要能見到你，我的思念便能夠落地。

何碩跨出極大的步幅，一把將我攬進懷裡，記憶中的淡淡檀香味緩緩貼合上現實，我同樣緊緊擁抱住他，希望能讓他的不安落進我的掌心，而能得到安穩。

「何碩，我希望往後你的所有感情，無論是愛或者不安，都是屬於我的。我不知道你從哪個環節產生了誤會，但我想，因為懷抱著不安才會有所誤會……我不願意自己的感情成為你的阻礙，就算再怎麼討厭，也還是希望你能好好完成工作，做出這樣的決定，不是要放棄你，而是相信你……」

「遇見妳之後，我才體悟到原來存放在我身體裡的自信一點也不夠。」

他低聲地笑了，「有人說過，愛的本質是一種不安，那麼，我感受到如此大量的不安，意味著我對妳的愛的量也超出預想，妳說是嗎？」

「這種問題不應該拋給我。」

「詰問往往是一種肯定。」

「董文瑩呢？」

「我臨時換了飯店，又把她來出差的消息放給幾個商業上的朋友，她的職位權限不小，會被吸引的不只是我的上司。」

真是腹黑。

但懂得保護自己的男人就是好男人。

「何碩。」

「嗯？」

「雖然我已經說過喜歡你了，但我還是想再說一次。」踮起腳，我將唇輕輕貼上他的，「我喜歡你，比我想像的還要喜歡。」

喜歡到不顧一切都要飛奔到你身邊。

我才剛要後退，何碩的手便用力箝制住我的腰際，再度將我帶往他的面前，熱燙的唇霸道地攫獲我的，一吋一吋烙印下數於他的熱度與印記。

或許，從那場冰冷的大雨開始，他的溫度始終溫暖著我的身軀與感情，將我拉出寒冷的荒原，一步一步走向燦爛美好的春日。

「幸好淋了那一場雨，我才能遇見你。」

「幸好我撿回了一隻流浪貓。」

何碩親暱地點著我的鼻尖，我捏緊的掌心裡仍舊傳來異物感，望了他一眼，思緒千迴百轉之後，我終究咬牙抬起手並攤開掌心，將鈴鐺擺到他的面前。

「鈴鐺？」

「我不想當流浪貓，你、你幫我綁上吧，這樣一來，我就會成為你的貓了。」

何碩有短暫的愣神。

而後抿開一抹太過攝人心魄的美好微笑。

他沒有拿起鈴鐺，卻是傾身向前，溫柔又蠱惑地凝望著我——

「讓我，當妳的貓吧。」

□

後來鈴鐺掛在了何碩家門口，每次開門都能聽見清亮的聲響。

叮叮噹噹的。

每天都能聽見從愛情裡發出來的聲音。

他說，一份愛情並不是要讓誰成為誰的寵物，而是讓誰成為誰的。

儘管阿修和顧瀾、小杏都以非常曖昧的角度來解讀這句話，甚至連番追問我追去的那幾天具體發展了什麼橋段，但我一點也不想追究那幾天我冒著臨時請假會被主管列進黑名單的風險，只為了固守何碩的領土，不讓董文瑩在公務外有機會和他獨處的這整件事。

非常幼稚，假使前一天的我來評論，大抵會蹙起眉、擺出「這不是成熟女性該採取的策略」，我確實也這麼自我鄙視了，依然是何碩寬慰了我，愛情總會使人不像自己，我果斷將這段話歸類成有哲理的語錄，並逼迫何碩用他那手漂亮到比美書法的字跡寫在我的記事本裡，在每一個需要「不像自己」的時候，都攤開來讓何碩看看這是他曾說過的名言。

「想養六角恐龍嗎？店長說要送妳一對。」

「不要。我不想你有除了我以外的寵物。」

例如進行這類對話時，每當我天人交戰地說出口，卻又不願意承認每個字都是我拋出去之際，就是攤開記事本，亮出何碩的字跡和名言的最佳時機。

總之，董文瑩在某一天便徹底消失了，如她的到來一般，毫無預告地消失，也許她是一個比誰都不擅長告別的人，無論是對於何碩，或者對於一份感情。

我和何碩的戀愛並沒有在公司露出端倪，何碩的公司像是這一輩子再也不可能跟我們合作一樣，連主任聽見競爭對手因為拿下合約而業績顯著成長後，也一副興趣缺缺的模樣。

拚了命還是得不到的，最乾淨俐落的選項就是不要再去期望得到。

我時常去找小黃和小粉紅聊天，小黃依舊連理都不理我，小粉紅依舊悠悠哉哉地游來游去，但對我來說，所謂的依舊，或許便是最大的追求了。

「我從以前就非常喜歡『依舊』這兩個字。」

「為什麼？」

「因為世界總是改變得太快，尤其是人心，像是眨個眼，下一刻站在眼前的人就會產生不可逆的質變，所以，能自然而然說出『你依舊如此』，對我來說是件非常值得感激的事。」

當我那樣說，何碩溫柔地捧起我的臉，額頭輕輕地碰了碰我的，像是要藉由體溫，或者碰觸，來傳遞言語之外的訊息。

「人無法阻止改變的流向，無論是變得更好，或者變得更糟，我們時常以為自己擋住了什麼，其實只是徒勞無功。」他輕緩地說著，「特別是愛情，我無法成為妳心底那個『依舊如此』的人，我不會停在原地，會往更深的地方走去，直到成為那個即使持續流動也能讓妳感到安心的人。」

「何碩，我分不清你說的，是情話，或者是承諾。」

「因為都不是。」何碩低啞的嗓音彷彿來自黑洞的旋律，讓人毫無抵抗辦法，在他扯著我墜落之前，我便深深陷了進去。「我說的是我的真心。」

「聽起來像謊言。」

「越是真心的話語聽起來就越像謊言。」

因為我們不敢相信那能被實現。

我彷彿聽見鈴鐺響起。

「何碩，我不會相信你。」

「妳不需要相信我，只要像現在這樣，一天、一天看著我就好。」

然後，妳就能看見我的真心。

後記

之一

每一份感情都需要平衡，對我而言，愛情則是兩個人牽起手圍繞出的圓。無論是一個人用盡全力支撐，或者是三個人挺著肩，勢必會朝傾塌的路途，一吋一吋地靠近。

這個故事非常簡單，僅僅是鄭沛青的選擇：她要不要離開站著三個人的圓裡頭，以及她要不要踏進只待著一個人的圓。

然而她的抉擇，看似非常簡單的抉擇，擺在我們每一個人眼前，都會成為一道難題；我不擅長物理，但比起這種習題，我寧可試著去解角動量，只是人生沒辦法採取這種交換法。

之二

我非常喜歡何碩。

特別的堅強，也特別的脆弱。

儘管小說必然賦予他獨特的帥氣，但本質上他不過就是一個普通的男人，能守住立場，卻也有軟肋，想保護對方，卻也想依靠對方。

我始終認為將人擺在單一面向是一件太過危險的事，並不是會因此受到多大的傷害，而是可能會錯失了某些特別珍貴的部分。

之三

在特別慌亂並且不時感到痛苦的時期寫了這篇故事，我因而得到了某些得以喘息的餘地。

與故事本身沒有關係，卻也非常感激，因為我總是能對遠方的某個人，
傳遞出一些對我而言特別重要的訊息。

Sophia

相遇的理由

Slow Dancing In The Rain

國家圖書館出版品預行編目資料
相遇的理由／Sophia 著.
—初版.—臺北市：春天出版國際, 2018.12
面；公分.—（Sophia作品集；12）
ISBN 978-957-9609-78-4（平裝）
857.7　　107013174

ISBN 978-957-9609-78-4
Printed in Taiwan

作　者　Sophia
總編輯　莊宜勳
企劃主編　鍾靈
責任編輯　黃郁潔、牛世竣

出版者　春天出版國際文化有限公司
地　址　台北市信義區信義路四段458號3樓
電　話　02-7718-0898
傳　真　02-7718-2388
E－mail　frank.spring@msa.hinet.net
網　址　http://www.bookspring.com.tw
部落格　http://blog.pixnet.net/bookspring
郵政帳號　19705538
戶　名　春天出版國際文化有限公司
法律顧問　蕭顯忠律師事務所
出版日期　二〇一八年十二月初版
定　價　180元

總經銷　楨德圖書事業有限公司
地　址　新北市新店區寶興路45巷6弄6號5樓
電　話　02-8919-3186
傳　真　02-8914-5524